一路走来

剧本集

李茜芝 著

◇四川清音
◇原创大型话剧
◇话剧小品
◇四川曲艺双簧
◇喜剧小品
◇方言话剧小品
◇戏曲小品
◇原创四川曲剧
◇电影文学剧本

成都时代出版社
CHENGDU TIMES PRESS

图书在版编目（CIP）数据

一路走来/李茜芝著. -- 成都：成都时代出版社，
2023.7

ISBN 978-7-5464-3191-8

Ⅰ. ①一… Ⅱ. ①李… Ⅲ. ①剧本－作品综合集－
中国－当代 Ⅳ. ①I230

中国版本图书馆CIP数据核字(2022)第238966号

一路走来
YILU ZOULAI

李茜芝 著

出 品 人 达海
责 任 编 辑 李佳
责 任 校 对 张旭
责 任 印 制 黄鑫 陈淑雨

出 版 发 行 成都时代出版社
电 话 （028）86742352（编辑部）
　　　　　 （028）86615250（发行部）
印 刷 成都市兴雅致印务有限责任公司
规 格 145mm×210mm
印 张 7.5
字 数 190千
版 次 2023年7月第1版
印 次 2023年7月第1次印刷
书 号 ISBN 978-7-5464-3191-8
定 价 89.00元

序

　　戏剧文学剧本是舞台演出的基础，是戏剧的主要组成部分，直接决定着戏剧的思想性和艺术性。剧本，一剧之本，是戏剧影视艺术呈现的源头，至关重要。

　　《一路走来》是近些年大英县在全国、省、市荣获一等奖以上（含一等奖）的优秀舞台艺术作品的剧本集，它立足于本土特色进行文艺创作，颂扬大英县政治、经济、文化、历史、人文风情等全方位的发展历程和取得的历史成就。如，四川清音《神奇的卓筒井》，采用四川特有的曲艺"四川清音"形式演唱："千年小口卓筒井，神奇的故事颂古今。纵有妙语千千万，难唱你，绝美的技艺传到今。"唱出了国家级非遗项目"卓筒小井"采盐卤水、晒卤水、筒车车水到煮盐全过程，展现盐哥盐妹围着盐灶对山歌的情景，体现出古代劳动人民的智慧和蜀地的风土人情。红色题材话剧《谭位中》以大英县象山乡地下党员谭位中的真实故事为背景，以他营救地下党员为切入点，讲述解放战争期间一大批"谭位中"为中国革命取得伟大胜利所做出的牺牲与贡献，告诉今天的人们，幸福来之不易，当铭记历史、缅怀先烈。方言话剧小品《爱心》道尽了留守儿童的辛酸，以及百姓朴实、善良和助人为乐的高尚精神。双簧《扶贫》用四川特有的说反话方式，幽默风趣地演绎脱贫攻坚中政府各部门扶贫工作者积极深入乡村开展精准扶贫，让贫困户得到真正实惠的故事。话剧小品《创业风》《走访风波》《拉不住的诺言》，描写的是"第一书记"心系贫困户，全心全意为困难群众纾困解难，舍小家顾大家，勇于担当的可贵精神。当今社会经济飞速发展，人与人之间的关系却逐渐淡漠，邻里成了最近的陌生人，互不来往，毫无交集。在此背景下，戏剧小品《陌生邻居》描写了两个邻居平时相互提防，互无往来，某天其中一人家中失火，邻居却无法联系上他，幸好邻居配合消防员帮忙抢救，才将损失降到最小——邻居大叔这才恍然大悟，原来远亲不如近邻，近邻胜似亲人。戏剧小品《相约老虎坡》，描写乡村振兴全面开展，村支书动员村民将土地全部整合，搞农文旅融合，却遭到部分村民的反对；支书晓之以理、动之以情，耐心细致地开导，终于打消村民的顾虑，全村上下通力协作，把老虎坡村打造成了精品示范村，举办了川中第一个乡村龙虾节。电影文学剧本《大英卓筒井传奇》能获得全国性大奖，不单是因为作者文学功底过硬，写尽人间真善美，鞭挞世上假恶丑，更因其故事曲折凄美、震撼人心。

　　《一路走来》是一部集思想性、戏剧性、艺术性、观赏性于一体的优秀文艺作品。它涉及面广，有历史题材、红色题材、现实题材，有话剧、戏曲、曲艺等多种艺术形式，较为全面地展示了大英舞台艺术创作新貌。

胡铭超

2022 年 6 月

目 录

CONTENTS

神奇的卓筒井

千年小口卓筒井，

神奇的故事颂古今。

纵有妙语千千万，

难唱你，绝美的技艺传到今。

唱不尽，祖先发明顿钻刃；

道不完，楠竹牝牡衔接成。

唱不尽，碗大井口植入地；

道不完，千米钻井深又深。

羊角架（吱溜溜溜吱溜溜溜溜）采出盐卤汹涌喷，

晒盐架耸立（滴滴答答滴滴答答）盐卤往下倾，

筒车（咕噜噜噜咕噜噜噜）转春秋，

盐灶啊熊熊烈火（熊熊烈火）煮乾坤（嘚儿儿儿……）煮乾坤。

啊……啊……

盐哥哥壮来盐妹妹美，

围着盐灶把山歌吟：

男合： 嘿——呃——

女合： 嘿——呃——

男唱： 情妹生来嘛一枝花哟，

女合： 哟花哟——

男唱： 情哥哥见了多爱她哟，

女合： 呃她哟——

男合： 呃爱她就爱她嘛，请到我家耍噻。

男合： 妹娃子。

女合： 爪子嘛？

男合： 来嘛。

女合： 说来我就来嘛，我有一件事儿挂心怀嘛，忙着绣根鸳鸯帕噻。

男唱： 鸳鸯绣起噻。

女合： 哥哥吧——

男合： 喊啥子？

女合： 我就来哟。

众合： 瓜子落花生噻，一样称半斤嘛，二两花胡椒噻，是麻

筋又麻心啰喂、麻筋又麻心啰喂。哈哈哈哈——

（白）男：讨婆娘啰。女：嫁姑娘啰——

【众人抬新娘状，边唱边舞】

山歌唱出千古美（咿儿哟咿呀咿子哟），

山歌颂出万古情（咿儿哟咿儿哟）。

盐哥盐妹长相守（咿儿哟咿呀咿子哟），

守住了取卤制盐的卓筒井（咿儿哟咿呀咿子儿哟）。

卓筒井，绳式顿钻开先河，

中国古代第五大发明；

卓筒井，世界小口井唯一仅存，

钻井之父享美名。

卓筒井，祖先智慧的见证（的见证），

中华文化底蕴深（底蕴深）；

卓筒井，你是巴蜀儿女的（巴蜀儿女的）聚宝盆——

合： 聚——宝——盆——

谭位中

时间： 20世纪四五十年代。

地点： 遂宁象山乡（石板滩）一带。

人物： 谭位中，男，青年，儒雅英俊，地下党员，伪乡长。

　　　胥　亮，男，壮年，刚毅正派，地下党员，校领导。

　　　倪莹娜，女，青年，国民党军官，特务组织领导。

　　　贾长贵，男，壮年，专审组组长，警察中队队长，奉命缉拿共产党员。

　　　陈四德，男，壮年，专审组副组长，心狠手辣。

　　　刘运飞，男，青年，地下党员。

　　　刘维英，女，青年，谭位中妻子。

　　　民众若干，校友若干，解放军若干等。

序 幕

【1949年秋。遂宁地区，室外。夜、雨。

【人物：刘运飞、特务。

【清晨，三两人卖菜、贵妇打牌。大英县象山乡的农民刘运飞推着粪车匆匆赶路。忽然，多束灯光照射在他的脸上，他深知不妙，赶紧转身，几个来势汹汹的人跟在他身后，经过一段追捕与反追捕后，刘运飞被逼到一条漆黑的巷子里，最终刘运飞跟粪车一起被带走，只留下了他的一件外套在街边。

第一幕

【1949年秋。遂宁地区，审讯室室内。夜、雨。

【人物：谭位中、贾长贵、陈四德、刘运飞、卫兵四人。

【强光照射在刘运飞的脸上，专审组组长贾长贵、副组长陈四德此刻正对他进行审讯。

贾队长：你说你，好好运你的粪车不行？！非做啥子共产党。运粪车是低贱，可也比你做共产党有脸面嘛。

刘运飞：冤枉啊军爷，我就是一个普普通通的农民，哪懂这党那党的。

陈四德：我看你可不普通啊！

刘运飞：军爷，你搞得我好糊涂啊！

贾队长：还敢装蒜！我问你，为啥子你运送的粪桶里面有双层设计，最底层装了那么多盐！你是不是要把这盐巴运送给共产党？

刘运飞：这……这个盐巴是……是我自家要用的。

【怒拍桌子。

贾队长：你再跟老子装疯卖傻！（拿鞭子）

陈四德：哎呀冷静冷静！他不是说那些食盐都是自家用的吗？那我们就如他所愿，先给他抽几鞭子，再给他伤口上抹上盐，给他好好利用利用。

刘运飞：不要啊军爷，现在盐巴这么金贵，我这副穷骨头贱皮子，哪敢这样糟蹋食盐呀！

陈四德：穷骨头就是要抽，贱皮子就是要打。

刘运飞：诶诶诶，我，我说实话。这些盐，是高局长要的。

贾队长：拿高局长压我们哇？

陈四德：就是，他……们高局长要盐干啥？（瞟一眼贾队长）

【接过贾队长的鞭子，贾队长示意，陈去搬凳子。

刘运飞：高局长要盐做啥，二位军爷还不清楚吗？自从蒋委员长对共区进行食盐封锁后，食盐价格就开始疯涨，我们这里有盐场，就是盐巴的宝地，所以现在大家都在囤盐，囤盐就是囤钱哪！

【刘坐在凳子上，贾队长点烟。

贾队长：你的意思是，高局长滥用职权，中饱私囊？

刘运飞：可不敢这么说！

陈四德：贾队长，不要听他打胡乱说，转移重心，鞭子抽到肉他才晓得痛！

【陈四德一鞭子抽过去，刘运飞痛苦地惨叫。

【陈四德作势还要抽几鞭子，谭位中上场。贾队长示意陈四德将刘运飞押走。谭穿着中山服，手里拿着几本卷宗，急匆匆地上前阻止专审组。

谭位中：贾队长！贾队长！

【贾队长给陈四德使了个眼色。

【陈四德与刘运飞区域灯暗，贾队长迎上谭位中。

谭位中：贾队长，我找了你好久啊！

贾队长：谭位中乡长？我也正想找你兴师问罪。

谭位中：贾队长，位中何罪之有？

贾队长：你的属地出了共产党，该不该给你问罪？你作为这个地方的负责人，本职工作都没做好，是不是有罪？

谭位中：贾队长，我这里穷乡僻壤的，都是些乡民，怎么会有共产党嘛！

贾队长：谭乡长，你糊涂啊！

谭位中：我骗谁也不敢骗贾队长呀！我这儿不仅治安好，思想教育工作也做得全面，而且这连月来我一直在部署反间谍运动，哪怕它再怎么红色翻涌，到我这头来也都只不过是血色残阳，不成气候！

贾队长：那你抓到些人没呢？

谭位中：这……敌人过于狡猾，至今没有抓到。（贿赂贾队长）

贾队长：国军现在在正面战场上节节败退，蒋委员长也着急啊！

谭位中：贾队长，里面是谁呀？

贾队长：一个拉运粪车的。早就怀疑他了，今天在他的粪桶夹层里发现了盐巴，正好被我们抓个正着！

谭位中：敢偷运食盐，该抓！该抓！

贾队长：不仅该抓，还该严刑拷打，你听，陈副组长在里面打起的。

【陈四德继续鞭打刘运飞，这鞭子的声音惹得谭位中揪心不已，贾队长仔细观察他，觉得他表情不对。

贾队长：谭位中，你皱啥子眉头，心痛哇？

谭位中：不心痛，但确实没听过这么响的鞭子声，心惊！

贾队长：你惊啥子嘛，打死一个共产党，不跟捏死一只蚂蚁那么简单？

谭位中：贾队长英明。

贾队长：那要不要我给你找根鞭子，等下你进去配合陈四德来盘双打？

谭位中：我看……这就不必了嘛。

贾队长：哑！莫非你小子，也是道，血色残阳？

谭位中：我哪是血色残阳哟，我风烛残年还差不多。

贾队长：谅你也不敢。

谭位中：我只想安守本分，其他的想不到，也不敢想。

贾队长：那我就不勉强你了，你等哈，我去跟陈副组长说一声，该上烙铁了。

【刘运飞惨叫，谭位中赶紧拉住贾队长。

谭位中：等等！贾队长，既然是在我的地盘出的事儿，你干脆把
　　　　这个人交给我，我来审问他。

贾队长：你审问，那抓到共产党的这个功劳，是算你头上还是算
　　　　我头上呢？

谭位中：当然算贾队长的功劳。

贾队长：谭乡长，恕我直言，今天你说的话和做的事，有点目的
　　　　性过于明显了。

谭位中：好吧贾队长，我也不瞒你了，我今天到这边来，确实有
　　　　目的，就是为了里面的这个运粪车的。

贾队长：哦？你要保他？

谭位中：他算个什么东西，我不是保他，我是为了保你呀！

贾队长：保我？咋个说？

谭位中：这里面有两层玄机。第一层，我刚才翻看警局卷宗，这
　　　　个人没读过书，从小到大一直就在象山，根本不可能是
　　　　共产党。再者就是，他今天运盐确实不是运到共区，而
　　　　是运到高局长那边去。

贾队长：哦？这里面的门道，谭乡长也晓得？

谭位中：晓得晓得，我也非常乐意让贾队长一起晓得。（耳语）

贾队长：你的意思是，收集乡民的盐巴，然后假装由他们把盐巴
　　　　运送给了共产党，这样这批盐，既不用上报，又可以自
　　　　己囤起来，等盐价涨到最高的时候再卖？

谭位中：贾队长英明哇！

贾队长：英明个铲铲，你知不知道现在秘密成立了党内走私私
　　　　盐整治领导小组，税警现在到处抓走私私盐的公职人
　　　　员，弄不好是要掉脑袋的。（犹豫又害怕）

原创大型话剧·Yuanchuang Daxing Huaju

谭位中：贾队长，这拨人我跟他们都熟，如果真有什么事需要我谭位中帮忙的，我决不推辞！

【贾队长得意大笑，谭位中跟着一起笑。

贾队长：（高声）好！陈四德，放人。

【贾队长说完便走进了刑讯室，没多久，贾队长和陈四德就押着刘运飞出来了。

贾队长：这死罪已免，活罪难逃，不给他个罪名，到时候大家都说我们乱抓人，不好交代。

谭位中：这个简单，就定个治安罪，关个两天再放出去。咋样？

贾队长：那这治安罪，赎人可是要交保证金的。（动作示意）

谭位中：我懂我懂，这批扣押的盐巴就当孝敬贾队长和陈副组长了，你们也尝尝盐巴的甜头。高局长那边，我去解释。

陈四德：这盐巴是咸的，咋能尝出甜头呢？

贾队长：过段时间你就晓得了！你先去放人。

【贾队长点了点头，向陈四德使了个眼色，陈四德便押起刘运飞准备离开。

陈四德：死罪变成治安罪，今天算你龟儿子幸运！

刘运飞：多谢军爷，多谢军爷。

贾队长：还要谢谢你们的谭乡长。

刘运飞：谢谢。（与谭乡长对视）谢谢谭乡长的大恩大德。

刘运飞：谭乡长，外面天冷，记得找件外套穿！

【灯暗。只出一道追光，打在序幕中刘运飞留下的那件外套上，谭位中寻找外套，把外套捡起，定格，然后匆匆离去。

第二幕

【遂宁地区，室外。日。

【人物：倪莹娜、贾队长、陈四德、卫兵四人。

【贾队长和陈四德上场。两人正准备去倪莹娜办公室汇报工作情况，在办公室外，两人先进行了一段交流。

陈四德：贾队长，这个空降干部、特务组织最高领导真有传的那么神？（搬桌子）

贾队长：我对她了解也不深，只晓得是个年轻女人。

陈四德：哎，就是一个女人嘛！

贾队长：可不敢小看别个，以前在重庆读过大学，现在的军衔是中校。

陈四德：一个女人能爬那么高，多半是背后的男人厉害。

贾队长：肤浅！封建残余，落后思想！

陈四德：贾队长，你莫不是真的怕一个女人吧？

贾队长：我怕她啥子？

陈四德：你不怕她，那就是对人家有啥子想法哇？

贾队长：不要乱说。我给你说，男人狠起来要钱，女人狠起来要命。你小子最好给我稳重点，不然你咋个死的都不晓得！

陈四德：陈四德陈四德，一听就是"撑死的"。

贾队长：给我严肃点。你听好了，等下千万不能把搜到盐巴的事说出来。

陈四德：为啥子？

贾队长：这个甜头就这么点，来分甜头的人多了，甜就变成苦了！

陈四德：晓得了，多谢队长提醒！

【陈四德和贾队长一起走进倪莹娜的办公室。

贾队长：报告！

倪莹娜：请进！

【贾队长和陈四德走进办公室，一脸严肃地对倪莹娜行礼。

贾队长、陈四德：长官好！

倪莹娜：不必做这些表面文章，工作第一。我听说，你们昨天抓到了一个疑似共产党的乡民？

贾队长：不错。我们怀疑他在偷偷运送食盐给共产党。

倪莹娜：那怎么又给放了？

贾队长：已经刑讯过，但是什么都不招，他本人也一口咬定自己不是共产党，而且我们确实也没有搜到盐。后来本地乡长谭位中过来，我们三个一起研究，一致觉得证据不足，就把人给放了。

倪莹娜：你们是不是收了什么不该收的东西？

贾队长：没有，请组织放心。（心虚）

倪莹娜：你刚才说谁来了就把人放了？

贾队长：象山乡乡长，谭位中。

倪莹娜：谭位中？这个名字倒是像在哪儿听过。你说你们一起研究，你们是怎么研究的？

贾队长：这……一来，我们查了他的背景和卷宗，这个人没有通共的动机。

陈四德：二来——（陈四德抢话，贾队长瞟了陈四德一眼，陈不敢说了）

贾队长：这二来，运盐没有真凭实据，一切还都是我们的揣测；三来，他是高局长的人，高局长给他作保……

倪莹娜：高局长？丧家之犬，他的名字在我们这里可行不通，你们要知道，我是你们唯一的上级，你们只需要听命于我。

贾队长：晓得晓得，不过这确实是证据不足，所以才把人给放了。

倪莹娜：这里面就没有什么蹊跷？

贾队长：目前看来，应该没有什么蹊跷。

倪莹娜：平时你们抓到犯人，当地的乡长都会过来吗？

贾队长：不会，这种事躲还来不及呢。

倪莹娜：那他这次怎么这么积极地跑过来了呢？有点反常。

贾队长：他这次倒是表现得十分主动，我们人刚抓来，他就马上跟过来了。不过当时我们也没有想太多，毕竟他是乡长，自己地盘上的人被抓了，过来过问一下也不是说不过去。

倪莹娜：太主动就证明有鬼。

贾队长：您觉得问题出在哪儿？

倪莹娜：我也说不上哪儿有问题，但就是觉得这里面有什么不对劲。一件事情里有太多凑巧的地方，那就一定有猫腻！

贾队长：这个乡民是不是共产党还不好说，但这个谭位中确实是越想越可疑。但他又说，过段时间给我抓几个共产党来。

陈四德：那要不把他抓过来好好拷打一番！

倪莹娜：先不必，谭位中不是说，过段时间给我们抓几个共产党来吗？到时候是人是鬼，一看便知。

贾队长：明白。

倪莹娜：这段时间你们一定要重点关注这个谭位中，启动一级秘密审查。（哨兵下场）

贾队长：是！（贾队长和陈四德正准备走）

倪莹娜：还有，这段时间是特殊时期，我军正面战场极其被动，所以我们地下战场，特别是食盐封锁行动必须取得成功，在这个阶段，任何可疑的人都不能放过，查不到就抓，问不出就杀，宁肯错杀一千，也不放过一个！

贾队长：明白。

倪莹娜：回去吧，有事马上汇报。

【陈四德出门，贾队长不动，欲言又止。

贾队长：长官。

倪莹娜：怎么，还有事要汇报？

贾队长：长官，我军真的不得行了吗？

倪莹娜：正面战场确实不利啊。

贾队长：长官，既然打不过，我们就该跟共产党谈和嘛，何必再在这个时候把脸撕得更破，我们杀了那么多地下党，这共产党万一秋后算起账来，我们咋交代啊？

倪莹娜：谈和？咋谈和？你觉得共产党会跟你谈和？中国只能有一个声音，成王败寇，别无他话。滚！

【贾队长匆忙跑走，倪莹娜坐在座位上，若有所思。

倪莹娜：谭位中……

【灯暗。

原创大型话剧 · Yuanchuang Daxing Huaju

第三幕

【1939 年秋。重庆，室外。日。

【人物：谭位中、倪莹娜、胥主任（谭的恩师）、周行野、周
　永林、王定安等校友若干、服务员等。

【音乐：《月圆花好》。

【重庆四川省立教育学院校友会，校友们齐聚一堂。此时，校
　友会胥主任正在台上讲话。（舞会）

胥主任： 各位校友，欢迎今天来到重庆参加四川省立教育学院校
　　　　友会。在座的，有毕业多年的校友，也有新入学的莘莘
　　　　学子，在这个动荡的年代，我们还能聚集在一起，实在
　　　　是不容易啊。

周行野： 胥主任，现在的局势，外敌当前，社会腐败，民智难以

唤醒，民族难以崛起，我们应该做点什么呢？我们的路在哪里？

胥主任：路嘛，当然就在脚下。

周永林：可是，脚下的路，已经走不通啦！我们需要找一条新的路。

胥主任：我已经老了，这条新的路还需要你们年轻人自己去找啊。不过我们要坚信，我们的国家一定会迎来新世界！

王定安：啥子是新世界？（重庆话）

胥主任：莫若是中山先生所提出的"三民主义"——让国民共富裕，过上幸福的生活。这就是我们所期待的新世界呀！

周行野：那怎么做，才能让我们共同的目标不至于沦为一种口号呢？

周永林：所以，你是指，我们要用自己的身体堵住日本人的枪口吗？其实这个问题，有一个洋人已经为我们实践过、认证过！

校友们：就是就是。

王定安：哪个洋人？（装不懂、打趣）

谭位中：马克思。

王定安：啥子马？

孙良志：啥子思？

周行野：对，马克思！他写了一本伟大的著作，叫作《共产党宣言》。他主张，让工农人民联合起来发动无产阶级革命！这是中国唯一的出路。在多年以后的中国，毛泽东先生意识到，只有学习俄国的革命，走共产主义道路，中华民族才能不任人宰割。

孙良志：走共产主义道路是犯法的哦！

胥主任：好了好了，今天，我为大家请来了两位非常优秀的校友。谭位中，刚上任的象山乡乡长。倪莹娜，年纪轻轻已经当上了中尉。关于我们如何实现共同的目标，我认为两位可以给校友们一些启发。欢迎！

【大家鼓掌，谭位中做了一个手势，示意倪莹娜先请。倪莹娜点头示意，上前讲话。

倪莹娜：各位校友，你们好。今天来到这里，我很激动。因为我一直记得，刚从学校毕业的时候，我其实跟你们一样，还是个非常年轻非常懵懂的人。走出校门，看到我们的国家满是封建余孽、殖民恶障，我们的人民，饿死的、冻死的、被打死的、被压迫致死的，无不生活在水深火热之中。我问自己，我能做点什么？就像你们也会经常问自己，我能为这个国家做些什么？

【众人沉默。

倪莹娜：我可以说，大家现在之所以如此迷茫，都是因为心里没有信仰，一个人的力量是单薄的，但如果千千万万有共同信仰的人们聚集起来，就会成为一股巨大的力量。曾经，我也是一个没有信仰的人，我想过文学救国、医学救国，但是，我没有方向。刚才，有人也已经提到了共产主义，先暂且抛开这是不是犯罪，就它的本质而言就是错误的，你们要相信只有中山先生提出的三民主义才是党国的真谛。作为一名国民党党员，必须坚定信念，践行"攘外必先安内"，稳定党的执政根基，随时做好牺牲的准备。我们每一个人，都不应该再坐以待毙。特别是学生们，都应该站起来，你们是知识分子，你们是新生力量，是党国的希望。

【胥主任带头鼓掌，其他所有人都在鼓掌，只有谭位中坐在椅子上摇头，被倪莹娜察觉到。

倪莹娜：莫非谭乡长有不同的意见？

【胥主任察觉到一丝尴尬，赶紧打圆场。

胥主任：谢谢倪莹娜校友。下面我们有请谭位中校友给我们讲几句！

【谭位中上前讲话。

谭位中：各位，我是谭位中。也是新任的象山乡乡长。对于刚才倪莹娜校友提出的，我们要有牺牲精神，要用自己的身体堵住敌人的枪口，为此我感到非常的不解！在外敌当前的时候，我们固然应该有大无畏的精神，但是有的人，对内四处树敌，妄图党同伐异，分不清谁是亲人谁是敌人，枪口不打日本鬼子，来打自己人，你们说，这有道理吗？

（校友们讨论）

倪莹娜：谭乡长话里有话啊。

【服务员在人群中穿梭。

胥主任：正常讨论，和平交流嘛！

谭位中：而且，我也非常认同倪莹娜校友提出的，只要我们每个人都敢于站起来，我们就能走向新世界！但是我有一个疑问，饿着肚子还站得起来吗？

周永林：是啊，腿都饿软了，怎么站啊！

谭位中：对，我非常认同孙中山先生的三民主义，但是中山先生的后生们，却没有将其好好实践、发扬。

倪莹娜：你这又是什么意思？！

谭位中：这民族和民权都没有问题，唯独民生怕是没有做到。嘴上说为民着想，实际上在内部门派横生，党同伐异，贪污腐败，中饱私囊。朱门酒肉臭，路有冻死骨，令人唏嘘啊！

倪莹娜：这位校友，作为党国的官员，请你注意自己的言行。

谭位中：民生主义，本意是让人人有饭吃，但被蒋委员长矫饰，赋予它更多的反共色彩，把它作为攻击共产党的理论。外敌当前，理应一致抗日，而不是想着搞对立、搞分裂、泼脏水、自相残杀！须知道，唯有国共合作才是击退日军的唯一途径，这也是拯救中国的唯一做法！

倪莹娜：你这么说实在有失偏颇，请问你对蒋委员长了解多少？贪污腐败，你亲眼所见？分裂对立，你可有证据？

谭位中：我相信，大家的心中自有论断。

倪莹娜：那不就是胡乱揣测？我劝你啊，多看看世界，不要受红色思潮影响，看谁都是假想敌。

谭位中：我相信，人民的心中自有公理。

倪莹娜：你是说，国民党已经失去了民心？你指的人民又是谁？

谭位中：工农人民！我们必须联合工人农民，团结起来，一致攘外，这样才能稳固国家的根基，才是大势所趋！

倪莹娜：你要把国家的安危交给最底层的工人和农民？你真是太可笑了！我相信知识救国，相信军事救国，但从来没听说过啥子"工人救国""农民救国"！

谭位中：等着看吧。

倪莹娜：那你也等着看，看看我们的中国，最终会是谁赢得最后的胜利！

【倪莹娜转身向胥主任道别。

倪莹娜： 胥主任，道不同不相为谋，校友会来了颗老鼠屎坏了一锅汤，恕我先行告辞！

【倪莹娜生气地离开。谭位中看着她离去的背影，叹了口气。

王定安： 哎哟，我要完啦——

【灯暗，时空速转，校友会胥主任、谭位中二位坐下谈心。

胥主任： 位中，自打你毕业以后，我们很久没有像这样坐下来好好谈谈心了。

谭位中： 胥主任，我今天来找你，是想求你为我解惑的。

胥主任： 你是一个心怀民族大义的孩子，我愿意为你分忧。

谭位中： 我的心里有个理想，我希望中国不再有饿死的人，我希望穷苦的劳工人民不再受资本家的剥削压迫。

胥主任： 这就是大家都在说的，国民共富。

谭位中： 国民共富，四个字重如千钧啊。人前我豪言壮志，夜里无人时也不禁困惑，我们的国家离这一天，到底还有多远？

胥主任： 位中啊，你还记得 1939 年秋天的校友会吗？

谭位中： 记得。

胥主任： 我印象特别深刻的是，你与倪莹娜激言相辩，把人家一个姑娘都给气走了。那个时候的你，内心是何等的自信啊。这些，你都记得吗？

谭位中： 记得。

胥主任： 你在遂宁的时候，侠义救人却被赶出学校，那个时候你控诉道，整个社会都是腐败的，而你要改变这种腐败，你还记得吗？

谭位中：记得！

胥主任：民族之重担，救亡之重任，你还记得吗？

谭位中：民族之重担，救亡之重任，位中不敢忘。

【胥主任拍拍谭位中的手。

胥主任：既然不敢忘，那就放手去做。

谭位中：既然不敢忘，那就放手去做。

【此区域灯暗。

第四幕

【1949年秋。象山，室外。日。

【人物：谭位中、胥主任、刘维英、贾队长、警察中队队员若干、乡民若干。

【秋高气爽，象山欢笑声、吆喝声不绝于耳，乡民们其乐融融，各自做着手头的工作，有的在砍柴、有的在纺布、有的在纳鞋底。

乡民们：（象山花锣鼓）秋高气爽干农活，大声吆喝收硕果。新的太阳要升起，农民迎来好生活。

【谭位中上。见谭位中来了，乡民们都非常热情，纷纷叫着"谭乡长好"。谭位中走到织布的刘维英身后，蒙住她的眼睛，乡

民们起哄，谭位中上前送了她一把野花，刘维英害羞地跑到了
乔嬢嬢身旁，乔嬢嬢上前和谭位中讲话。

乔嬢嬢：多亏了谭乡长拿着我的布四处推销，让我的布多卖出去
　　　　了很多，谢谢谭乡长。

邓嬢嬢：在谭乡长的带领下，我们象山乡民的日子是越来越好了。

　　　　【李嬢嬢拿着一双鞋垫要递给谭位中。

李嬢嬢：谭乡长，我也没啥能感谢你的，给你做了一双鞋垫，你
　　　　莫嫌弃哈。

谭位中：不行不行，我不能拿。

乔嬢嬢：你是不拿，那个贾队长，三不打四地就来搜刮乡民，家
　　　　中的贵重物品一样都不放过，甚至连盐巴都给我们抢走
　　　　了。（乡民们搭腔）

李嬢嬢：是呀，最近那个贾队长名义上抓共产党，实际上是挨家
　　　　挨户抢钱来了！真是一群土匪强盗！

谭位中：各位，我向你们保证，我一定会把你们的东西讨回来。

钱么哥：谭乡长，我们群众力量大。现在已经假借修路，把山路
　　　　给毁了，为保万无一失，其他路也全布下了机关，如果
　　　　没有我们的人带路，那个贾长贵想进山，怕是没那么容
　　　　易。（乡民们搭腔）

　　　　【灯暗。谭位中返回，一边走一边沉思。这时，他看到路边，乔
　　　　嬢嬢的孩子三娃子在挖泥土。

谭位中：三娃子，你在这儿挖泥土做啥呢？

三娃子：我听说泥土能炼出盐来，想试试看。

谭位中：三娃子，有的泥土是可以炼出盐，但是那跟我们吃的盐
　　　　不一样。来，到叔叔这儿来。

【谭位中从袋子里取出一点盐给三娃子。

谭位中：这才是可以吃的盐。

三娃子：叔叔，你是共产党吗？

【谭位中警觉起来，众人都停下了手中的活路。

谭位中：你咋这样说呢？

三娃子：其他当官的都只会向大家要东西，只有共产党才会给我们送东西。

谭位中：那你了解共产党吗？

三娃子：我晓得共产党好，我长大以后也想做共产党。

谭位中：那你要努力读书。（刮了下三娃子鼻子）

三娃子：嗯！叔叔，你给了我盐巴，我请你吃花生，这是我刚挖的。

【三娃子把花生递给谭位中。

三娃子：叔叔你慢慢要，我先去找我爹他们了！

【没过多久，三娃子又折了回来。

三娃子：叔叔，我爹让我跟你说，那个贾队长又进山了！

谭位中：你爹不是说他们上不来吗？

三娃子：对呀，我也不晓得。

【谭位中思考一阵。

谭位中：这样，三娃子，你去跟你爹说，放他们进来。

【乡民们慌张。

邓孃孃：放进来？那不是放虎进山嘛！

谭位中：我自有办法。

【谭位中跟三娃子耳语。另一区域灯亮。

【贾队长带着的人正在乡民们面前耀武扬威。部下出场，贾队长再上。

贾队长：给我挨家挨户地搜，值钱的一样都不要放过。

【王二狗部下甲下场搜刮乡民。

乔孃孃：上个星期你们不是才来过，家里都被你们掏空啦！

贾队长：听说你们最近丰收，我特意来关照一哈嘛！

王二狗：队长，啥子都没搜到。

贾队长：那就按共党处理，带走！

【王二狗部下甲抓住邓孃孃，邓孃孃挣脱向贾队长跪过去。

邓孃孃：军爷手下留情呀，我们都是老实巴交的庄稼人！咋可能是共产党啊！

贾队长：我在你屋头搜到一颗红色的纽扣，我怀疑你跟红军有关！

邓孃孃：我屋头可没有红色的东西啊！

贾队长：你名字里头带红，铁定通共！

邓孃孃：我姓邓，不姓红，我名字也不带红啊！

贾队长：你眼睛里有红血丝，一样有通共嫌疑！

乔孃孃：哼，贾队长，你们打着剿共的幌子贪污腐败，你们内部全是蛀虫，国民党注定要完蛋！

贾队长：你们都听到她刚说的了吧，这哪是有通共的嫌疑，这就是共党！把他们给我带走，搜到的盐巴全部搬进我的仓库！

【谭位中正气凛然地上。

谭位中：贾队长！干什么来啦？

贾队长：哟，谭乡长也在哇！我本来是到你们象山关照一下乡民，没想到意外抓获了几个共产党！

谭位中：这好歹是我的地盘，你要抓人，也要先知会我一声嘛！

贾队长：谭乡长想救他们？有办法。听说你开的那个纺织厂效益不错，你完全可以拿钱赎人噻！

谭位中：我正有此意！

贾队长：谭乡长爽快人！

谭位中：这还不够，我晓得贾队长这段日子挨家挨户搜刮乡民，囤了不少盐巴，我想把贾队长的盐巴一起买了。

贾队长：当真？

【谭位中比了个五的手势。

谭位中：这个价。

贾队长：成交！

谭位中：这样，我们就在这儿立下字据。（拍手）

【三娃子拿着字据上场。贾队长按上手印，谭位中转身就走。

贾队长：站住，你哪门不按？

谭位中：我按了，又咋个到上峰面前告你嘛？

贾队长：好啊，原来是在给我下套哇！王二狗，上！

谭位中：钱幺哥，打老虎了！！

【乡丁举着枪一拥而上，乡民们也拿着家伙。王二狗、部下直接丢枪举手投降，贾队长见势不妙，开始害怕。

贾队长：谭位中，你龟儿肯定就是共产党，你们整个象山都是贼窝子！你个龟儿子！你个龟儿子！

【邓嬢嬢捡起王二狗的枪，一声枪响，贾队长倒地。

【转换场景。

谭位中：维英，我知道我亏欠你和妈太多，但很多事，我又不能对你说。你要坚信，我现在做的，是一件很大很大的事。

刘维英：我晓得，你是做大事的人。你做的大事我不懂，但我会把妈照顾好，把家打理好，让你没有后顾之忧。

谭位中：我晓得，你受委屈了，再忍耐一阵子，好不好？

刘维英：嗯，我想你的时候就给你织围巾，不要牵挂我，放心去做你的大事吧，你谭位中不只是我一个人的英雄。

【谭位中、刘维英拥抱。灯暗。

【下场口光区。胥主任装扮成拉黄包车的，谭位中出现。

胥主任：先生去哪里？

谭位中：去买母猪壳。

胥主任：这么晚了，可没有母猪壳卖。

谭位中：那就去河边。

【谭位中准备上车，正好看到拉着黄包车的是胥主任。

谭位中：胥主……

胥主任：快上车。

谭位中：胥主任，原来你一直都是我们的同志！

胥主任：快上车！

胥主任：我们的地下组织遭到国民党特务的破坏，川北接头线已经全部打乱，准备重新调整。现在我是你新的接头人，也是你的上级，从今以后你有什么事都直接向我报告。

谭位中：明白！

【谭位中将纸条递给胥主任。

谭位中：我党的刘运飞同志一直在为战区运送食盐，他表面上伪装成给高局长送盐，实际上一车盐走两家人，高局长只是表面上的掩护，实则另有一部分盐运送给华蓥山游击队。在被捕的时候，刘运飞同志遗留下一件外套，我在衣服夹层里找到了这个计划。

胥主任：这些身处险境的同志，我们也要好好为他们谋划。上级领导提议，将一些同志安插到农校，以农校老师的身份为掩护。座位下面是这些同志的名单，刘运飞同志也在里面，你是乡长，这项任务你来安排。

【谭位中在车上站起来正准备拿名单，胥主任让他坐下。谭位中点了点头。

胥主任：上级领导十分肯定你在县政府密捕北川工委委员魏文引时，设法营救其脱险所做的工作，这是大功一件。

谭位中：挽救国家于水火，我辈理应奋不顾身，不敢言功。

胥主任：有功就该表扬。但是有错也要批评！这次营救刘运飞同志，虽然行动成功，但是你冒着暴露的风险，解救同志，应该受到严厉的批评！

谭位中：胥主任，我不明白，我拼死解救同志，何错之有？

胥主任：你有没有想过，如果你暴露了，整个川北工委地下组织网络都将遭遇重创，到时候会死更多的人。

谭位中：可是，我总不能见死不救啊，我甚至希望牺牲的是我自己。

胥主任：你把情况汇报给组织，组织自然会安排更周密的计划去解救同志，你这样贸然行动，不仅是陷自己于水火，更是陷同胞于水火呀！

谭位中：那如果有同志在我的面前受酷刑，我都不能救？

胥主任：不能救！

谭位中：有生命危险也不能救？

胥主任：不能救！

谭位中：我连一个同志都不能救，如何救四万万中国同胞？又如何救我们的民族，我们的国家？（说着说着就站起来了）

胥主任：你给我坐下！

胥主任：历史上的革命，从来无法避免牺牲。你可知一时的不忍，就会酿成大祸，就会有更多的同志因你而牺牲。

谭位中：是我太过冲动，我接受组织的批评。

【一阵沉默。

胥主任：位中，你在想什么？

谭位中：我在想，我们见了那么多牺牲的同志，会不会有那么一天，我们也会牺牲？

胥主任：你怕吗？

谭位中：我不怕牺牲，但我怕同志牺牲。当我看着敌人的鞭子抽向我们的同志，当我看着敌人的子弹射向我们的同志，而我什么都做不了的时候，那种滋味是多么痛苦啊！胥主任，我真希望我再也不会经历生离死别，我希望组织内再也不会有牺牲。

胥主任：解放了，就不会有牺牲了。在你眼里，牺牲是死，但我不这么看，牺牲也是一种信仰的传递。我们已经将火种交到了别人手中，我们的生命也由千千万万的同志传递下去！

谭位中：我明白了，胥主任！

胥主任：还有一件事，你听好了，上级发来密电，中共川北工委决定在各武工队的基础上，组织成立解放军川中游击纵队，由你任司令部财务部部长，负责做好解放三台、中江乡村，支援解放军进军川西的工作。

【谭位中惊讶、惊喜、感动。

谭位中：是。

胥主任：还有一个好消息，正面战场上，国民党已经不行了。新中国，即将由我们的双手建立起来！位中啊，我们就要迎来这一天了！

谭位中：就要迎来……这一天了！

【一声枪响，谭位中心惊而又不安地看向远方。灯暗。

第五幕

【被捕的共产党员被审讯场景（当天）。重庆地区，室内。夜，狗叫。

【人物：倪莹娜、谭位中、昝主任、专审组陈四德。

【审讯室内，陈四德审问昝主任。昝主任被捆绑在木架上，他身上伤痕累累，看起来是刚被鞭打过一轮，虚弱不已。倪莹娜上。

倪莹娜：审得怎么样了？

陈四德：一个字都不说。

【倪莹娜在昝主任面前踱步，抽着烟。

胥主任：（虚弱地）这位同学，见到老师，怎么不问声好啊？

倪莹娜：你知道我在想什么吗？我在想，一个人人尊敬的学者，为什么会通共？一个党国的教育者，为什么会走到党国的对立面？

胥主任：那是因为你见识少。

倪莹娜：当年毕业的时候，你知道我喜欢搞文学，送了我一支钢笔，你希望我用文笔救国，唤醒国人的心智。

胥主任：孙先生搞革命不只是为了天下大同，更是为了国民共富。而且不管政治主张怎样，任何时候都不能拿枪杆子对准我们自己的同胞。

倪莹娜：人都是贱骨头，不会认同，只会顺从。枪口对准自己了，才知道跪下和低头。所以，我放下了笔，拿起了枪。

胥主任：朝同胞开枪，算不得英雄。

倪莹娜：该不该开枪都已经开了，难道你们共产党还会变成厉鬼来索命？

胥主任：别一口一个你们共产党我们共产党，你有什么证据证明我是共产党？

倪莹娜：没有十足的证据我会带你到这里？赖不掉的，老师。

胥主任：我倒要看看你揣着什么法宝。

倪莹娜：你……

【倪莹娜生气。

倪莹娜：陈四德。

陈四德：是。

倪莹娜：把那个谭位中带到这里来，这个人胆敢私下枪决贾队长，虽然贾长贵贩卖私盐证据确凿，按照盐务管理条例规定可以就地枪毙，但这恰恰发生在象山，发生在秘密审查对象谭位中身上，这未免也太巧合，我说过所有巧合堆在一起，就一定有问题。

【陈四德不解。

倪莹娜：听明白了吗？（陈四德点头又摇头）我是说，等他过来，如果他真的投共，他俩肯定认识，就一定会露出马脚，到时候一箭双雕，一案双审！

陈四德：哦——

【陈四德下，倪莹娜对胥主任。

倪莹娜：哼，我一想到你曾经是我的老师，教过我做人的道理，我就恶心！表面上看起来衣冠楚楚，教书育人，背地里却是共产党，你不配为人，你是党国教育界的耻辱。

胥主任：我是不是耻辱，应当由教育界评断，不用你操心！

倪莹娜：（拍手）我最后再给你一个机会，只要你把川北地区其他共产党的名单告诉我或者把地下联络点大概位置画出来，我向你保证，我会尽最大努力保你一命，不仅如此，你还会成为党国的英雄，是做耻辱还是做英雄，你自己掂量掂量！

【胥主任哈哈一笑。

倪莹娜：你笑什么？

胥主任：人家共产党已经进入了北平，马上就要在那里建立新中国，国民党气数已尽，我为什么还要当党国的功臣？你问我在笑什么，哼，我是笑你，黑白不分，连什么是耻辱，什么是英雄都分不清楚；我笑你弃明投暗，为一个可笑的政党奉献一生；我笑你愚不可及。我还笑你白忙活一场，胜利，终究不属于你们！

【倪莹娜生气。

倪莹娜：敬酒不吃吃罚酒，打！

　　　　【用刑。

陈四德：报告，谭位中来了。

　　　　【哨兵拿走倪莹娜手中鞭子。

谭位中：长官好！

倪莹娜：谭乡长，你来得正好，我们抓到一个共产党，你来看看认识不？（语气平和）

　　　　【谭位中走向胥主任，谭位中和胥主任对视，两人都心里一惊，同时转头。与此同时，心里都有些慌乱。倪莹娜察觉到两人气氛不对。

倪莹娜：是老熟人？

　　　　【谭位中控制住自己的情绪。

谭位中：是认识，但是不熟。我以前在四川省立教育学院读书，胥主任是学校的领导，我们有过数面之缘。

倪莹娜：你也在省立教育学院读过学？

　　　　【倪莹娜开始仔细打量谭位中，情绪高涨。

倪莹娜：我想起来了，三九年，你在校友会上讽刺过蒋委员长，讽刺过我们的民生主义，就是你，谭位中！这就对了，那个时候的你可是个亲共分子，对我党的控诉，可谓是掷地有声啊。（谭位中擦汗）

谭位中：都怪我年轻时候不懂事，幸好后来接受了我党的教育，才没在错误的道路上一直走。（真诚）

倪莹娜：那好，这儿就有个共产党，你看如何处置吧！

谭位中：这人是省立教育学院的校领导，学生很多，如果没有确凿的证据，可不能贸然定罪呀！现在这个局势，我们可不能再失民心了。

倪莹娜：上级给的中共特务名单，他的通共罪名确凿。

谭位中：那会不会是名单弄错了呀？

倪莹娜：谭乡长，你这是对我局工作水平的不信任。

谭位中：不是这个意思。有时候一慌乱，确实有可能出错。我建议先跟上级汇报！

倪莹娜：没必要，通共证据确凿，我们正在拷问他，但是他一个字都不招。既然已经没有了利用价值，你看，这个人是该留，还是不该留呢？

谭位中：那要不要再审审？

倪莹娜：那麻烦谭乡长帮我审！

谭乡长：我……我哪会审人呢！

【哨兵将枪对准谭位中。谭位中别无他法，只能艰难地点点头，准备上前审问胥主任。

倪莹娜：他们不是喜欢红色吗？你就把这火红的烙铁（吹一下），印在他身上。（哨兵拿着烙铁递给倪莹娜，倪莹娜转身递给谭位中）

陈四德：这烧得红红火火的烙铁，贴上人的皮肤，那是吱吱作响，安逸得很。

【谭位中缓缓接过烙铁。

【胥主任声音：你有没有想过，如果你暴露了，整个川北工委地下组织网络都将遭遇重创，到时候死的是更多的人。

【谭位中还没说话，胥主任倒先犯起狠来。

胥主任：谭位中，你这个国民党的走狗，有什么尽管放马过来！我倒要看看是你的烙铁硬，还是我共产党人的意志硬！来呀，打！！

【谭位中强忍泪水，不打。胥主任更加大声地咆哮。谭位中瞬间就明白了胥主任的意思，他不再犹豫用烙铁击打胥主任。

倪莹娜：你终究还是招了。

胥主任：不错，我就是共产党，在任何时候都不后悔我做的一切决定，唯一后悔的就是教出你和谭位中这两个国民党的走狗。

胥主任：起来，饥寒交迫的奴隶！起来，全世界受苦的人们！

倪莹娜：停！

胥主任：不要说我们一无所有，我们要做天下的主人！

【谭位中的烙铁停了，但胥主任的歌声不停。

倪莹娜：我说停！

胥主任：这是最后的斗争，团结起来到明天！英特纳雄耐尔就一定要实现！

倪莹娜：陈四德，这个人冥顽不灵，应该如何处置？（和胥的歌声同时）

陈四德：通共就是死罪！

倪莹娜：谭乡长，你怎么不表态呢，按照《通谍处分条例》这个人应该如何处置？

【谭位中已接近崩溃边缘，他低着头，不敢看胥主任，只敢小声迎合。

谭位中：通共就是死罪。

倪莹娜：我要你看着他的眼睛，大声地说出来。

谭位中：通共，就是死罪！

倪莹娜：对，通共，就是死罪！

胥主任：我遗憾，你们以后只能在黑暗的沟渠里卑微地活着；我遗憾，你们再也见不到那初升的太阳！共产党万岁，共产党万！万！岁！

【枪响，陈四德持枪击发。胥主任牺牲。
【光束中，谭位中号啕大哭。
【后面舞台的共产党人激动高昂地讲述着自己的意志。

党员甲：亲爱的妻子，可爱的儿子，我马上就要离去，但每当你们看到那初升的太阳，你们要明白，我其实还一直陪伴着你们……（一声枪响，党员甲牺牲）

党员乙：新中国的美好，这一直是令我热血沸腾的事情。我们不必再承受压迫，不必再饿着肚子屈辱地卑微地活着。永别了我的党，永别了我爱的人！（一声枪响，党员乙牺牲）

党员丙：同志们，如果还有机会，真想看看十年，乃至百年以后，我们的国家会是什么样子，我们的意志有没有被一代一代地传承。我相信你们，就像相信我的牺牲是值得的。祝福你们！（一声枪响，党员丙牺牲）

【灯暗。
【附幕。谭位中绝望地哭泣，自责、懊悔，胥主任穿着白衣与谭位中隔空说话。

胥主任：买母猪壳吗？

【谭位中抬起头，看到眼前的胥主任，哽咽着接话。

谭位中：胥主任，这是梦吗？

胥主任：（笑）还记得我之前说的话吗？牺牲，失去的从来不是生命，因为我们已经将火种交到了别的同志手中，我们的生命也由千千万万的同志传递下去！现在，我的生命由你传递下去，你觉得这是梦，我就活在你的梦中；你觉得这不是梦，我就活在你的心中。

谭位中：胥主任，我本想拯救千万同胞，但同胞却因我而死，为什么牺牲的不是我呀！以后，还会有多少牺牲？还会有多少同志在我眼前死去？我不敢想，我不敢看，我害怕。

胥主任：位中，你还记得你的入党誓词吗？（严肃）

谭位中：我志愿加入中国共产党，做如下宣誓：终身为共产主义事业奋斗。党的利益高于一切。遵守党的纪律。不怕困难，永远为党工作。要做群众的模范。要保守党的秘密。对党有信心。百折不挠永不叛党。

【在念誓词的过程中，谭位中由犹豫到坚定。

【灯暗。

尾 声

【1949 年 11 月底，遂宁解放前夜，倪莹娜办公室。

【人物：倪莹娜、谭位中、陈四德、国民党残部人员。

【《义勇军进行曲》响起，伴随着的是毛主席画外音。

毛主席声音：中华人民共和国，中央人民政府，今天，成立了！

【倪莹娜在做撤退前的最后准备。

【谭位中走进来。

谭位中：长官，车子已经在门口等倒了，我安排的人会安全护送长官到机场。

倪莹娜：我争取了，但是还是不能带你一起撤退，不过我没有想到即便如此，你还愿意跟我一起坚守到现在。

谭位中：不说这些了。

倪莹娜：我曾经还怀疑过你是共产党，我向你致歉。

谭位中：国民党到了今天这一步，谁是不是共产党都不重要了。

倪莹娜：我也思考过这个问题，我们真正的敌人是谁？国民党这个结局，无非就是人心向背，被历史滚滚洪流推倒了吧。

谭位中：你后悔吗？

倪莹娜：后悔什么？

谭位中：后悔杀了那么多的同胞。如果你的信仰需要鲜血来浇灌，那它又真的是正确的吗？

倪莹娜：谭乡长，这个时候，不知道为什么，我突然想到了1939年，就是你跟我辩论的那一年。如果有什么转折，是不是就不会走到今天这一步？

谭位中：那个时候的你谁又能说服得了啊！

【谭位中一个冷笑，让倪莹娜打了个寒战。

倪莹娜：你这句话我好像听过。

谭位中：哦？在哪里？

倪莹娜：在审讯室，在胥主任那里。你也是在嘲笑我吗？

谭位中：我是惋惜。我曾经无数次想过，如果你是我们的同志，那该多好。

倪莹娜：你们的同志？什么意思？

谭位中：今天我来这边，实际上是要跟你见证一个重大的时刻。

【倪莹娜还想问什么，转而一瞬间全都懂了。

倪莹娜：我明白了，其实我早该明白的。我也终于知道，这道门

的背后，等待我的是什么。（解放军上场将办公室团团包围）

【倪莹娜向大门方向走去。倪莹娜看着谭位中，静场。

倪莹娜： 你们终究还是赢了。

谭位中： 不，是人民赢了。

【灯暗。演员返场谢幕。
【屏幕滚动出现解放战争时期遂宁地区大英县牺牲的共产党员名单。
【最后落幅，在中国共产党成立100周年之际，谨以此剧向党的隐蔽战线工作中为民族独立和自由牺牲的共产党人致敬。

爱 心

时间：2017 年

地点：王大爷家

人物：王大爷，男，中年，戏迷，性急诙谐。

王 妻，女，家庭主妇，中年，心直口快，热心肠。

女 子，女，学生，留守儿童，乖巧懂事。

温医生，男，民间医生，中年，高度近视，慢性子。

【幕起：王大爷家，一张农村风格屏风，一张桌子，桌子旁边两把椅子。王大爷从外面回来，边进屋边唱。

王大爷：（唱）得饮酒时且饮酒，（王妻从屏风后上，听王继续唱）得风流时且风流啊——

王　妻：（讽刺地）哟，几十岁了，还没风流够呀？

王大爷：（下意识地）没有。

王　妻：啊？

王大爷：呃、呃，够了、够了。哎呀，喉咙痒！哦，老婆子，我今天赶场看了场戏，他们唱的那些呀，就像我们乡坝头这些人唱的样。我学两句给你听嘛：（清清嗓子后唱）

我在河边割草草，割到螃蟹脚；

它在水中跑噻，我来溜溜捉啊——

王　妻：（学王腔调唱）随便你哪们唱噻，还是空着乐呀。

【王妻手把王大爷肩头，二人对视，定格。

【内喊：王大爷，贼娃子进屋了——

二　人：（一惊）在哪儿？捉到起。（慌乱中，王大爷将妻拉着，妻忙甩开）

王　妻：你把我拉到做啥嘛？里头。

【二人冲进屋里面拉出一未成年女子。

王大爷：出来，给我站出来。你胆子还不小吔，竟敢偷到我王大爷头上来了。这左邻右舍你也不去打听一下，我王大爷是搞啥子岗的。快说，你哪们来偷我王大爷，哦不，王大爷的——家？

王　妻：快说，不说就对你不客气了。

【女子低着头，浑身颤抖。

王大爷：你不说哇？你不说我硬是不客气了哟，反正我这个属于正当防卫。你说不说？

【王大爷挽袖、提虚劲，挥手踢脚，由于自己没掌握好重心，反而跌倒在地。王妻忙丢下女子去拉王大爷，女子又倒在地上，不省人事。王妻拉王大爷的脚，王大爷忙喊。

王大爷：拉倒了、拉倒了。拉到兜兜了，要拉尖尖。

【王妻忙放下王大爷的脚，把王大爷扶起。王大爷好不容易站起来。

王　妻：你那个阵仗也太猛了嘛。绊都没有绊到别个，自己还倒了。

王大爷：我不做凶点，她会开口吗？

王　妻：对头，就是要把阵仗绷起。

【二人转过身不见女子。

二　人：（同时左右看）咦，人喃？（发现女子倒地）呸，我挨都还没挨到，你就装起死来了哇？起来！快起来！

【王妻见女子未动，将手伸到女子鼻前。惊抓抓地。

王　妻：哎呀，老汉，这妹崽好像没得气了样。

王大爷：没得啷们怪，我看看（边说边用手试女子鼻息，惊一跳）快，快把她扶起来坐倒，老婆子，你快给她把人中掐倒，我去兑碗糖开水来。（忙下）

王　妻：人中，人中在哪里哟？（比自己脸上的中部，将女子的鼻子捏着）

王大爷：（端水上）你啷们把人家的鼻子捏到呀？是这（指鼻下，王妻忙换位置）。来，妹崽、小妹儿、同——志，请喝糖——开——水。

王　妻： 女娃子，快睁开眼睛啰。（仍不见女子好转，王妻担心得很）老汉，万一这女娃子再也不睁开眼睛咋办？

王大爷：（制止王妻）乌鸦嘴。（急得团团转）老天爷，小祖宗，你千万要睁眼呀，你要是就这们闭起去了。我、我也活不成了呀！（哭）

王　妻： 你号丧呀？别个还有气得嘛。还不快去找医生来。

王大爷： 哦，对，对头，找医生，找医生。（心急地抬脚欲下舞台中台口，王妻忙招呼）

王　妻： 错了，这头。

王大爷： 哦，这头，这头。（王大爷从上场口急下）

王　妻： 这个才是：人在家中坐，祸从天上落。平白无故跑来这们个小贼娃子，还要死不活的，这唧们得了哟！

【一会儿，王大爷领一医生上场。医生鼻梁上架着一副高度近视眼镜。深一脚浅一脚地跟上。

王大爷： 温医生，你走快点嘛。

温医生：（慢腾腾地）来啰，来啰。急啥子嘛？

王大爷： 要死人。

温医生： 死几个嘛？

王大爷： 死一个都不得了了。

温医生： 死一个吧，莫来头。

王大爷： 快点哟——

【王大爷进屋，累瘫坐在椅上。

温医生： 来了来了。（进屋）病人在哪儿？

王大爷： 那儿——（王大爷用手指对面，温医生瞅见王大爷的手，拉着就号脉）

王大爷：不是我，（指女子）那头。

温医生：那你坐到这头干啥子？让我嚛。（王大爷忙起身让温医生，温医生气派地坐下，装模作样号脉，由于眼睛高度近视，又欲拉王妻的手）

王　妻：错了。

王大爷：（见温医生拉王妻的手，忙制止）瞎起个眶眶，莫乱摸哟。

温医生：（憨憨地对王大爷）哦。（温医生凑近仔细看才发现女子，为女子号脉，仔细观察女子后对王妻说）王大嫂，你去熬碗姜汤来，外搭两个荷包蛋。

王　妻：哪个吃？

温医生：她吃。

王大爷：呃，你还没处方哟？

温医生：这，就是处方。

王　妻：这就是处方嗦？要得嘛。（入内）

王大爷：啥子病哟，还要吃荷包蛋？得不得死到我屋头？

温医生：啥子死呀活的嘛。这女子只是受了风寒加上饿了。

王大爷：饿了嗦？哎呀，冒尖尖把我吓了一跳。抓个贼娃子还要搭两个荷包蛋，这才是矶红苕揩屁股——倒巴两坨。

王　妻：（王妻上）荷包蛋来了。来，女娃子，吃荷包蛋（快速喂女子）。

温医生：你喂慢点，莫把别个呛到了。

【喂女子喝。女子慢慢醒来，抢过碗自己狼吞虎咽。大家才松口气。

王大爷：（与王妻同时）哎呀！

温医生：（招呼王大爷、王妻）你两个过来过来。

二　人：（同时）做啥子？

温医生：（正色地）你们是哪们当的父母，把自己的女子饿成这样？

二　人：（没反应过来）啊？

温医生：（对王妻）就好像不是你亲生的样？

王　妻：本来就不是。

温医生：哦，是说嘛。（对王大爷）那又是不是你亲生的呀？

王大爷：也不是。

温医生：不是你亲生的，也不是你亲生的。未必然是我……

王大爷：哎呀，是我——

温医生：（抢王大爷的话）哦，还是你生的嘛。那你是和哪个生的呀？

王大爷：是——

温医生：在外头打野的？

王　妻：啊——我是说哪们这们巧嘛。左邻右舍那么多人家她不去，偏偏跑到我屋头来，原来是认老汉儿来了？！（端详女子）哎呀，像，硬是像。这眼睛——像，鼻子——像，连耳朵腕腕都像。耶，死老头。是说不得刚才进屋还在唱：得风流时且风流哟。原来都风流出这么大个女子出来了呀？我、我跟你拼了——（追打王大爷）

王大爷：拉倒、快拉倒。（王大爷躲温医生身后，王妻打在温医生身上）

女　子：叔叔、阿姨（三人同时转向女子），感谢你们的救命之恩！

王大爷：快莫说感谢，只要你活过来就对了！呃，女娃子，你还是要说清楚，哪们要来偷东西？

女　子：（难过地）大叔，我哪里是小偷嘛。

王　　妻：（故意拖着声音）那你闯到别个屋头来做啥子呀？

王、温：（同时）哦——

女　　子：阿姨，叔叔。（欲哭）

王大爷：哎、哎，快莫把眼流水掉下来，我这人心软，最看不得哪个这个（作哭状），有话好好说。

女　　子：我是来找我爸妈的。

王　　妻：找爸妈？那你看清楚，这屋头哪个是你爸，哪个又是你妈？

女　　子：（追忆地）我曾经也有一个幸福的家。爸爸疼我，妈妈爱我。我是他们唯一的宝贝。那时的我天天唱唱跳跳，无忧无虑！

王大爷：现在大多是独生子女，是那们的。

温医生：莫打岔，听人家说。

女　　子：后来，不知啥缘故，爸爸妈妈开始吵架了，爸爸经常酒吧进、赌场入，总是很晚才回家。我常常被他们的打骂声惊醒。爸爸嫌妈妈不漂亮、没本事，不会生男孩。

王　　妻：哎——哟，这些男人呀，没得个好东西！

温医生：王大嫂，你莫一篙竿打死一船人哈。

王大爷：就是。

王　　妻：后来呢？

女　　子：他们眼里再也没有我了，我像皮球一样被他们抛来抛去。终于有一天，妈妈绝望地离开了家，随后，听人说，爸爸也跟着别的女人走了……

王大爷：（感慨地）唉！现在这日子过好了。你说有些人嘛，好好的日子不过，偏要生出些风流事来。

温医生：这就叫吃饱了撑的！

王　　妻：你两个把嘴巴闭倒，听别个说。又啷们？

女　子： 我只好和年老多病的婆婆一起生活，如今婆婆也因病去世了，我又和妈妈失去了联系。为寻找父母，我都走了好多天了，我、我都三天没吃东西了！

王大爷： 所以你就——

温医生： 闯到他们屋头来了？

女　子： 嗯。（女子点头）我看到厨房头有个剩馒头。

王　妻：（早已泪流满面）哎呀，我可怜的孩子哟！

女　子：（转向观众诉说）爸、妈，我不是小偷呀。我是个乖孩子，很听话，我不会惹你们生气的。我不读书了，不用家里一分钱，我去打工挣钱，一定好好孝敬你们。你们回来吧，莫抛弃女儿，女儿爱你们，需要你们，你们听——见——了吗？（跪下）

三　人： 女——子——（同时缓慢搀扶起女子）

温医生： 我说女子，你不要这样盲目地去找了，先到我家住下来。我们帮你找，好不好？

王　妻：你搁倒、你搁倒。（边走边说）我说温医生，这人在我屋头，啷们能跟到你去呀？女子，就住倒大妈家里，反正我的儿女都出去了，我老两口也冷冷清清的，就当我多生了一个女儿样！

王大爷：要得，就住我屋头，好帮你找父母。

温医生：对头，我们一起帮你找。

女　子：（感激地）要是我的父母有这份爱心就好了！

王　妻：唉，可怜天下父母心啰！女子，莫难过，你父母也许是一时糊涂丢下了你，他们若晓得你在找他们，一定会赶来接你的。

女　子：大伯、大叔、阿姨，谢谢你们了。

王大爷：温医生，你比我墨水吃得多些，帮倒写个寻父母启事，到电台、电视台滚动播放，肯定找得到！

温医生：要得，这写两笔又是我的拿手戏哟。

王　妻：站倒做啥？行动嘛！

温、王：要得，行动。

——剧终

走访风波

（又名：脱贫致富）

时　间：现代

地　点：贫困户院坝

人　物：雷大姐，女，三十多岁，农妇，豁达开朗，简称
"雷"。

罗书记，男，三十多岁，驻村干部，简称"罗"。

王二娃，男，三十多岁，雷的丈夫，简称"王"。

【幕启：农村简易桌椅，一张屏风。雷大姐系围腰，围腰里兜有鸡
鸭食物，雷大姐逗鸡鸭。

雷：咕咕咕、哩哩哩……（韵）产联扶贫开新路，制定规划找项目；送资金送技术，发放鸡鸭和种兔。（笑，白）自从遂宁市文旅局建了这个文化大院，经常开展文化扶贫演出，我都学到句把句了。扶贫办还给我送来这些鸡鸭和兔子，我是一天忙得不可开交。打电话叫我家在外打工的那位回来帮忙呀，晓得唧们尽倒没回来哟。看嘛，刚把鸡鸭喂了，又忙倒去给兔子喂草。（下）

【汽车停车声音。罗拿公文包上。

罗：（念）扶贫攻坚下基层，进驻帮扶贫困村；衣食住行在村里，挨家挨户访实情。（向内）雷大姐，雷大姐在家吗？

雷：（从里面出）在、在、在，哟，是罗书记呀？

罗：你看你……

雷：罗兄弟，快请坐。（解下围腰抹桌子、椅子上的灰尘）兄弟，都这个时候了，你都还没有下班回家呀？

罗：我刚到李三娃家去看了他家的甜橙树，生长得很好，来年一定有好收成啦！

雷：哎呀，兄弟呃，你们这些城里来的书记为了帮助我们贫困村脱贫，硬是操碎了心啰！真不晓得唧们来感谢哟！

罗：大姐，你这话就见外了。我们扶贫干部就是为困难群众服务的，你们的日子好过了，国家才有希望，在脱贫致富路上啊，一个都不能少哟。

雷：对对对，哎呀，就是辛苦你们了，你看嘛，天都要黑了，你还在这山桳桳头走访。我们心头硬是过意不去。兄弟，你坐一会儿，我去给你煮碗荷包蛋，打个幺台。

罗：不了、不了，我今天来是想了解一下你养的那几只种兔，也该下崽崽了吧？

雷：就是，那几只母兔肚皮一大起就不吃草了，我正着急呢！

罗：走，我去看看。（二人下。王二娃背着大包小包上）

王：哎呀，坐了几天几夜的车，总算到家了。（发现汽车，观看汽车）高尔夫，咦，哪来这么漂亮的汽车停在我家屋门口嘛？想我离开家的时候，屋头穷得叮当响。（看周围院坝）院坝也打扫得干干净净的，我这婆娘在屋头做啥子发大财了哇？（将背包等东西放在石桌上，从包里拿出所买之物，一一数说）这是买的酒，回来和老婆喝几杯；这是给儿子买的玩具枪，还有给老婆……

【听见里屋说话声，停止。

雷：兄弟，你看这——

王：（走至中场口）兄弟？吔，屋头关得有小鲜肉嗦？！

雷：你看这肚皮，是不是有问题哟？

罗：让我摸一下。

王：还要摸我婆娘的肚皮呀？

罗：好像硬是有问题。莫着急……

王：（将玩具枪放在桌子上）你不着急我着急。捉贼拿赃、捉奸拿双，我倒要看是哪个？

【罗匆匆出来，没看见外面的王，罗边走边说。

罗：我去找人来，快得很。

王：站倒！你快没得我快。

罗：你……

王：你啥子，心虚了哇？

罗：你是哪个哟？

王：（一拍胸膛，作被拍痛了之状）我，才是这屋头的正份儿。

罗：哦，是王大哥呀？好久回来的？快进屋去。

王：吧，硬是原配被当成奸夫，他还喧宾夺主了吧！

罗：你先坐一会儿，我跟倒就回来。（欲下）

王：转来。想跑呀？没得那么撇脱。想我那二年是冬瓜皮做衣领——霉登顶了。喂猪猪死，喂鸡鸡瘟，打牌呀又十打九输。实在没办法才往外跑。吧，我前脚一走，你就跑到我屋头来……

罗：你，说些啥子哟，我今天是有事。

王：啥子事？和尚做道事？我看你是耗子撇手枪——起了打猫儿心。

罗：哎呀，你搞错了。

王：牙巴嘛才挫（错）了。

【雷听到外面说话声，从里屋出来。

雷：罗书记，你在和哪个说话哟？

王：还是书记呀，傍到大款了。

罗：雷大姐，你看哪个回来了。

雷：（看见是丈夫，高兴地）二哥，你回来了呀？

王：（生气地）我不回来死到外头呀？

雷：你刚回来，说话就火燎燎的，吃了炸药啊？

王：就是吃了炸药。我恨不得把这儿炸了，大家都搞不成。

雷：（难为情地）罗书记，不管他，你快走你的。

王：往哪里走。（王去拉罗，雷帮忙罗扯脱王的手，王更气，转身从桌上抓起玩具枪对准二人）不许动。今天不把话给我说清楚，你们一个个都活不成。

雷：（二人见枪，惊吓一跳，雷本能地护着罗，紧张地喊道）王二娃，你要做啥子？

王：呲，你还要护到他呀？

雷：我就是要护到他。王二娃，你这个砍脑壳的。（伺机抢下王手中的枪）想当初媒婆介绍我们认识的时候，是你甜言蜜语惑了我，我才上当嫁给你的。

王：哎呀，当初不是看到你妹儿有点养眼，我还不愿意讨你耶。

雷：还说啥子——只要小伙长得标，哪怕跟到吃搅搅。

罗：结果呢？

雷：才是妈个屌丝。

罗：大哥，你也太坑了嘛。

雷：而且还赌博成性，十打九输，弄得一家老小鸡犬不宁。后来，干脆屁股一拍，跑了。

王：我自己还是觉得不能再那样下去了，所以才跑出去打工的嘛，还不是为了这个家。

雷：为了这个家？要不是罗书记罗老弟他们来精准扶贫，你连狗窝都没得了，还有啥子家哟！

王：你……

雷：这些年罗书记他们扶贫干部进驻我们贫困村，帮我们脱贫致富，做了好多好事哟。你看嘛，帮刘大爷家房子都盖好了。

王：刘大爷家破旧了几十年的房子盖好了？

罗：盖好了。

雷：帮李三娃家种上了甜橙树。

王：那个小屁孩，是只老鸟，往回光赢我的钱，也弃恶从善了？

罗：是啊。

雷：周幺婶得了重病，都是罗老弟他们帮忙申请医疗扶贫救助了的。

王：周幺婶是老病号，是病魔拖垮了她家呀！

罗：他们都得到了国家的帮扶。

雷：还有我们家，罗老弟他们不但送来了补助资金，还送了鸡鸭和兔子给我们养。

王：我们屋头还养了兔子？

雷：那不是吗。

王：那——我啷们刚才听到说他要摸你肚皮呀？

雷：（追打王）你这个背时鬼。那是摸母兔的肚皮，母兔要下崽崽了。

王：啊？是摸母兔的肚皮呀？哎呀，罗书记、罗兄弟，怪我想错了，错把好人当阎王。对不起、对不起。

罗：没关系，不知者不为过，说清楚就是了。

王：那是、那是。

雷：（气愤地拉王）王二娃，跟我走。

王：哪去？

雷：你这个不学好的东西，肯定是在外面参加了黑社会，把枪都带回来了，跟我到公安局去投案自首。

王：我……哎，这哪是真枪嘛，是给娃儿买的玩具枪。

雷、罗：啊？玩具枪呀？

王：（不好意思地）起先我是急倒了，把它拿出来吓你们的。

雷：（如释重负地）哎呀，吓死宝宝了！

王：你莫把我想得那们坏嘛。哥虽然是"4B青年"，听顺风耳还是听到句把句新闻，晓得国家最关心我们这些农民兄弟噻。

罗：国家不单关心农民兄弟，还对贫困地区和贫困人口进行地毯式排查，不漏掉一个贫困户，到2020年，实现全面脱贫奔小康。

雷：就是嘛。你来看嘛，（指外面）那匹山上是果园，那匹山是种的药材，那匹山是栽的桑树，那匹山……

王：（感慨地）哎呀，现在农村太复杂，经济直线向上滑。（作达

康表情状）

雷：哎呀，你爪子？

罗：达康表情包。

雷：哎呀，屌丝逆袭了啊？

王：那是嘛。老婆，我带了好酒回来，你去弄几个好菜，今天我要"腐败"一下罗书记。

雷：要得、要得。（欲下）

罗：莫忙，兔子要下崽崽了，我去接兽医过来看一下。

王：我去、我去。

罗：我开车快些。

王：我们一起去。兄弟，走你。（作航母起飞造型）

（完）

畅想改革

时　间：现代

地　点：消防大队内

人　物：指导员，男，三十多岁，和蔼可亲。（普通话）

　　　　于　川，男，二十岁左右，思想跳跃。（四川话）

　　　　何　原，男，二十岁左右，机灵爽快。（河南话）

　　　　东　歌，男，二十岁左右，妈宝男孩。（山东话）

【空场布景。于川扛着一把椅子思索着从上场口走上舞台。

【于川将椅子放在舞台中场口，坐在椅子上，望着天空，不时发出笑声。东歌从上场口走出，在走过中场口时发现于川，东歌退着来到于川身边。

东　歌：于川、于川。(于川未理东歌,东歌顺着于川眼神望向天空,又用手在于川眼前晃动,于川仍然不理)哎呀妈呀,魔怔了呀?

【东歌害怕地向后退,然后扭头就跑。

于　川：改革。嘿嘿,我们消防部队要改革了。

【东歌拽着何原上场。

何　原：东歌,你放手。啥事啊,神神叨叨的?
东　歌：于川着魔了,一个人坐在那里望着天空傻笑。
何　原：(吃惊地)我看看。

【二人走到于川身边,围着于川转一圈。

何　原：(突然大声地)于川——
于　川：(被吓一大跳,从椅子上滚在地上)爪子嘛?惊风火扯的!
东　歌：惊风火扯,啥意思?
于　川：去去去。没得啥意思。
何　原：于川,你在干吗?
于　川：(激动地)我在畅想,就是思考、思考。
东　歌：思考是这样的(手撑着额头),你咋这样呢?(望向天空)
何　原：畅想啥呢?
于　川：(正准备说,又转话锋)你们猜。
东　歌：典型的四川耗子,说话从来都是转弯抹角的。俺咋知道你想啥。
何　原：想升官?
东　歌：咋可能呢。才入伍半年,坐火箭都赶不上。
于　川：NO。
何　原：想发财?

东　歌：更不可能。当兵就发不了财。

于　川：NO、NO。

何　原：想天上的星星和月亮？

东　歌：想那干吗呢？他又不是天文学家。

于　川：NO、NO、NO。

何　原：切，神经病。走走走，不管他。

【何原、东歌准备离开，于川将二人拉回来。

于　川：呃——，转来转来。

何　原：有话就说。

东　歌：有屁就放。

于　川：出事了，出大事了！

何　原：多大的事呀？

于　川：天那们大。

何　原：哎呀，是你要调公安部还是国务院了？

于　川：算你猜对了。

东　歌：原来你是下派的啊？

于　川：想多了哈。你们刚才没有看新闻吗？

何　东：看了。

于　川：国务院提出机构改革方案，不是说我们消防部队要转制
　　　　了吗？

何、东：对呀。

于　川：所以我在这儿畅想。

何、东：畅想改革。

于　川：对头。

东　歌：就是呀，改革后我们会怎样呢？

于　川：我们不再属于军人了，不再是军事化管理了，不再有入
　　　　伍退伍了。

何　原：那、那我们属于啥呢？

于　川：听说是属于地方管理，和地方上的行政单位一样。上班下班，来去自由。

东　歌：自由？自由到什么程度？

于　川：让我想想、让我想想啊——（于川走动着，何原、东歌二人跟着打转）自由到我可以任意穿衣裳，想穿啥就穿啥。

何　原：对，穿奇装异服。

于　川：我可以进网吧去耍，耍他几天几夜。

东　歌：直到最后牺牲。

于　川：我可以去交女朋友。交了一个又一个。

东、何：花痴呀你？

于　川：（得意地拍自己胸膛，又将自己拍痛了）我，哎哟，就是要当花痴。

东　歌：幼稚。

于　川：嘿嘿。何原，你说说，转制之后你想做啥？

何　原：我啊？

于、东：啊。

何　原：我想（边想边说），首先，我要做个最时髦的人，把头发染成奶奶白。

东　歌：（对于川说）像个小老头。

于　川：差不多！

何　原：去。我要穿最最时尚的破洞牛仔裤，招摇过市。

东　歌：那绝对有雅痞之风。

何　原：我还要钻研演艺，业余当演员。

于　川：有志向。

何　原：东歌，你呢？你是咋想的？

东　歌：我呀？

于、何：对呀。

东　歌：（踱着步想一会儿）我要回家，我想我妈妈。

于　川：哎呀，原来是个妈宝男孩呀！

何　原：没出息。

东　歌：你们想啊。要是我们真转为地方管理了，我们就得在这里工作、生活、结婚、生子直到退休。我就回不了家乡了，经常见不到我妈妈了，我不要。（难过地背转身去）

于　川：（安慰地）莫难过，啊。这只是在畅想的嘛，乖，哈。

何　原：东歌说的也是啊。我还是想回我的家乡。

于　川：呃呃，你们成熟点好不好？常言道：男儿志在四方。既然都来到这里，就把这儿当成第二家乡。

东　歌：家乡？（想象地）我的家乡，每天早上，打开房门，迎接着地平线上第一缕阳光；一眼望去，地阔天朗，心中无限敞亮！

于　川：（不屑地）满眼尽是雪茫茫。

何　原：（激情地）我的家乡，中原之上，盛产小麦，中华文明的发祥地；八大古都，名流将相，河南当仁不让！（作花木兰动作）

于　川：（感慨地）干旱风沙日照长。呃，你们就留在我们四川好不好？

东、何：不好。

于　川：小没良心的。说话又不怕得罪人。你们来这里这么久了，少你们吃少你们穿了还是哪个敢欺负你们了？

东、何：没有。

于　川：那好道。我们四川多好啊，一年四季都是山清水秀的。

东　歌：你们四川，山山坡坡挡视线。

何　原：夏季炎热，冬季阴冷。

东、何：一个字，憋闷。

于　川：（用手比画）俩字呀？你们数学是体育老师教的吗？

东　歌：还有啊，转制后，住宿会不会让我们自己给房租费？

何　原：吃饭会不会让我们缴伙食费？

于　川：对呀。还有一切生活用品，都得我们自己掏腰包？好恼火哟！

东、何：（不懂地）腰包？恼火？（指导员上）

于　川：哎呀，就是（川普）口袋、麻烦。

东、何：哦——四川话真恼火！

指导员：（故意咳嗽地）嗯哼——

三　人：（听见声音，见是指导员，立即站好姿势）指导员好。

指导员：你们在这儿嘀咕啥呀？

于　川：报告指导员，我们在畅想。

东　歌：也就是思考。

指导员：哦，畅想什么？思考什么？

何　原：改革。

指导员：咃，看来大家都很关心这事嘛。

于　川：指导员，您快给我们说说，（越说越快地）是真的要改吗？啷们改？改了之后有啥子变化？我们真的就不再是军人了吗？我们……

何　原：哎呀，跟机关枪似的。

东　歌：指导员，我不想改，我只想服役期满就回家。

【三人期待似的看着指导员，指导员低着头听三人说话，见三人都不作声了，便问道。

指导员：你们说完了？还有什么要说的吗？统统说出来。

三　人：（同时摇头）我们听您说。

于　川：来，指导员，您坐倒说。

【三人将指导员搀扶着坐下，三人分别站立在指导员两边，作洗耳恭听状。指导员刚要说话，发现还是站起来说自如一些。

指导员：我还是站着说吧。

三　人：您请。

指导员：首先，你们热不热爱消防这个职业？

三　人：热爱。

指导员：好。你们是不是军人。

三　人：是。

指导员：军人的天职是什么？

三　人：服从命令。

指导员：这次改革，中共中央总书记、中央军委习主席怎么定就怎么改。明白吗？

三　人：明白。

指导员：改革之后，消防将成为国家应急救援的国家队和主力军，职责和使命不变，专业性更强，要求更高。无论怎样改革，国家都会把人民的利益放在首位，这其中的人民，就包括你们和我。明白吗？

三　人：明白。

指导员：不管我们以后是军人还是百姓，我们的宗旨都是为人民服务。明白吗？

三　人：明——白——

指导员：都明白了，还有啥好畅想的？

三　人：嘿嘿——

指导员：这次改革是消防部队集体转制，从事这项工作的还是我们，虽然不再是战友，但我们依然是出生入死的兄弟，你们说是不是？

三　人：是。

指导员：转制后是准军事化管理。标准不降，要求不减。

三　人：（泄气地）啊？

指导员：啊什么啊？该干吗干吗去。

三　人：Yes sir.

指导员：说中文。

三　人：是。（三人转身离开）

指导员：回来。

三　人：（回转身疑惑地）啊？

指导员：谢幕。（四人站成一排谢幕，行军礼）立正，向左转，齐步走。

【于川走在最后，走了几步之后，想起凳子，快步转身来扛起凳子，跟着跑下。

于　川：等倒我——

——剧终

疫中情

时　间：2020 年春节

地　点：某建筑公司

人　物：老大，男，四十岁左右，退役军人，老板，简称"老"。

　　　　二胡，男，三十岁左右，退役军人，员工，简称"胡"。

　　　　牛三，男，三十岁左右，农民工，简称"牛"。

　　　　小兰，女，二三十岁，牛三之妻，简称"兰"。

【幕启。空场，背景为春节喜庆画面。

老大电话声音：喂，啊？叫我们退役军人工程队去武汉抢修医院？好，我马上组织人员。

【春节欢快音乐中人物出场。二胡背着军用包匆匆走出，牛三拉着行李箱、小兰身挎包随后追上。

牛：二胡，你跑唧们快爪子嘛，鬼撵起来了哇？

兰：就是，害得我手机都差点拿脱了。

胡：我妈都打电话催了几百遍了，喊我一定早点回去。

兰：早个铲铲，再早也是今天才放假得嘛。离开车时间还有1点零60分，还不是跑到火车站去神起，真的是。

胡：你们婆娘口子的当然不着急哟。我妈给我说了个女娃儿，叫我务必要赶倒今中午回家见面，不然、不然——

牛：不然爪子嘛？

兰：不吉利？

胡：对头。老一辈人信这个得嘛。

牛：哦——那快点，走。

【三人正准备赶路，老大急忙忙赶来。

老：二胡，你们等一会儿。

【三人同时回头看向老大。

三人：爪子？

老：（跑步到三人面前，气喘吁吁地）你三个是泥鳅变的呀？才看到二胡还在洗脸，一哈哈儿就跑得不见人影了。

牛：老大，你撵我们爪子嘛？

胡：你要同我们一路回去过年嗦？

一路走来

Yilu Zoulai

老：回去个铲铲，都走不成了。

兰：爪子？一年到头的，我还卖给你了吗？

老：哎呀，兰幺妹，莫说这么难听嘛。我刚才接到一个紧急通知，要我们工程队带上我们生产的建筑材料去抢修一个工程。

胡：呃呃，这就有点不仗义了哈。

牛：哪有年三十还喊做活路的。

兰：我第一个抗议。大家都是有家室老小的人，（对胡）哦，你还没得。

胡：所以我更着急啊！

兰：我们在外干了 365 天减 7 是好多？

牛：372。

胡：你那是加法。是、是 358。

兰：干了 358 天，就这么 7 天春节假期，回去跟老人娃儿团聚团聚，勾兑勾兑一哈感情，你就狠心给我们扼杀了？

老：不是……

胡：更重要的是我，老大不小的了，就等倒回去找对象吔。

牛：老大，工程的事你先接到手头，初六回来我们立马动工。

老：不得行。这个工程要紧得很，而且还规定十天之内必须保质保量完成。

胡：十天？

老：啊。

牛：修一个工程？

老：啊。

胡：修个厕所差不多。

兰：我不管。今天就是他妈老汉儿等倒没得房子住，我也要把春节假要了回来哆。

老：被你说中了。还真是些妈老汉儿们在等着要住。

三人：啊？啥意思？

老：武汉出现了一种传染病，你们听说了吗？

胡：我好像在抖音头看到过。

牛：微信里头也好像在说。

兰：爪子嘛？

老：这个病多数是中老年人得，武汉各个医院都住满完了，就是那些生病了的妈老汉儿没得地方住。

牛：然后呢？

老：然后就急需建筑材料。然后就决定紧急再修医院。

兰：然后你就要没收我们的假期？

牛：太突然了！

老：是突然了点。

胡：没得思想准备呀！

老：好多事容不得有思想准备啊！（三人沉默，老大看了看三人）来，表个态。牛三？

牛：我不得干。

老：小兰？

兰：我要回家。

老：二胡？

胡：我要耍女朋友。

老：二胡啊，我们都是当过兵的人，虽然现在退役了，但军人的职责和担当永远不能改变，在国家和人民面临灾难的危急时刻，我们就应该冲锋在前啊！

胡：是，坚决服从命令。

兰：对了哦，你们退役军人去就是了嘛，我们这些平头老百姓就回家过年了哈。

牛：这个可以有。（二人想溜）

老：牛三，站倒。我问你们，你们出来打工是为了啥子？

牛：挣钱噻。

兰：（川普）地球人都知道。

老：那你们说，节假日期间加班给好多工钱你们才干？

兰：平时工资的一半，不，一倍。

牛：不是得，应该是两倍。

胡：你们都说错了。按照国家法律规定，应该是平时工资的300%。（面向老大）嘎，老大。

兰：那么多？

老：二胡说对了的。按300%计算，你们每天该好多？

【牛、兰二人急忙掰起指头计算。

兰：我每天该三百。

牛：我每天六百。

老：那好，给你们每人每天一千五，干不干？

【牛、兰作惊讶状。

牛、兰：干！

兰：一天一千五，十天，一万五，好安逸哟。

牛：唉，金钱的地位太高了！老大，兑不兑得到现啰？

老：信不过我？

兰：信得过、信得过。

老：站倒爪子嘛？给各人屋头打个招呼，马上出发。

三人：哦。

【三人夸张地同时掏出手机，同时滑动平面，同时说话。边打电话边下场，老大从另一边下。

胡：喂，妈呀……

牛：喂，老汉儿……

兰：喂，幺儿……

【后面的声音被节奏紧凑的音乐声淹没。音乐声中，背景图用火神山、雷神山医院修建画面。老大头戴安全帽忙碌地指挥着。

老：二胡，仔细点，注意安全；牛三，木工板放到那边去；小兰，泥土倒在这边来；运输车、运输车走那边……

【老大边指挥边下。背景图转换为火神山、雷神山医院修建完成画面。三人拍打着身上泥土走出来，音乐停止。

兰：你们看。那边陆陆续续过来好多医生护士哟。

牛：还有那么多志愿者。

胡：还有退役军人呢。我们退役军人微信群里头，好多战友都来武汉当志愿者了。而且我们老大以个人名义向武汉捐了钱呢。

兰：真了不起啊！

牛：想当初，我们还是为了钱才来的，羞死人了。

胡：我有个想法，看你们愿不愿意？

牛：说来听哈喃。（胡对牛耳语，牛对兰耳语，二人频频点头）

牛、兰：要得。

【老大出来。

老：怎么样，都累了吧？

【三人摇头。

老：我们终于按时按质按量完成了修建火神山、雷神山医院的任务，让武汉生病的人们住进了医院，得到了治疗。上头领导说了，感谢你们。

胡：请转告领导，这是我们应该做的。

老：来，（掏出手机）把你们的身份证号码、银行账号留给我，明后天就把工钱打在你们银行卡上。

【三人相互对看一眼，没有谁行动。

老：爪子？还嫌少吗？

【三人直摇头。

老：快，我还要去招呼其他人呢。

牛：老大，这个钱、这个钱……

兰：这个钱我们……

胡：哎呀，看你两个顿顿腔。老大，是这么起的。

老：唧们起的？

胡：我们三个商量好了，这个钱我们不能要。看到武汉这么多人生病，我们又帮不上啥子忙，所以，我们就把这些天的工钱全部捐给那些生了病的人，尽我们一点绵薄。嘿，就是这么起的。

兰、牛：哦——

老：（愣神地看着三人，而后感慨地）谢谢，谢谢你们。是啊，面对突如其来的灾难，我们个人的力量是渺小的。但是，只要我们团结一心，众志成城，定能打赢这场疫情阻击战，保民众健康平安。

兰：老大，你这话唧们说得这么有水平呀？

老：是、是习总书记说的。

胡：习总书记接见你了？

老：喊你去赶场，你要来抵黄。看我不收拾你。

【老大追打二胡，二胡绕着牛三、小兰躲闪。气氛一片祥和。

画外音：在老大的带领和组织下，公司退役军人向武汉慈善机构
　　　　捐款二十万元，并且公司迅速转型生产口罩，驰援疫
　　　　区，并为本地防疫提供卫生保障。他们的善举，充分体
　　　　现了退役军人的优良作风，彰显了军人的风采。

——落幕

扶　贫

【甲从右场口上。

甲：大家好、大家好、大家好……

【乙从左场口上。

乙：好啥呀好？你就只会这三字呀？

甲：只会这三个字，对你，我还有其他三个字呢。

乙：哪三个字？

甲：滚下去。（乙向内走，甲忙拉住乙转来）开个玩笑，何必当真。

乙：我就说嘛，我滚下去，你一个人啷们演。

甲：是是是，你说我只会这三个字，好卯人嘛。你又不是不晓得，我会的东西多得很噻。

乙：我还真不晓得你会啥！

甲：会唱歌。

乙：你那歌声，简直是鬼哭狼嚎，吓死人。

甲：我还会跳舞。

乙：我看你长得才像二百五。

甲：你才是二百五。我最拿手的是说双簧。

乙：双簧？是不是一个在后面说，一个在前面比动作那个？

甲：就是。

乙：这个我喜欢，我们两个来一段？

甲：啊？和你呀？你得不得行哟？

乙：没得问题。

甲：那我在后面说，你在前面比动作？

乙：你说啥子，我就演啥子。

甲：那就告一下？

乙：好，你说开始就开始。

【甲到椅子后面蹲着说，乙像模像样坐在椅子上，放下话筒，开始表演。

甲：今天我俩在台上，一前一后演双簧，内容都来说些啥？举国上下精准扶贫工作忙。一把手亲自抓，分管领导具体抓，专门成立了扶贫办，每月下村做调查。走遍所有贫困户，制订规划找项目，送资金送技术，落实种植和补助。派驻工作人员到扶贫村当第一书记，衣食住行在村里，与困难群众打成一片，送去温暖"一帮一"。今天驻村干部就要走，单位职工离开你。亲爱的同事你哪里去？扶贫攻坚下乡里。我们舍不得你走！我必须去。不让你走。我马上走。你别走。我要走。你别走。我要走。你别走。我要走。你别走……

乙：（站起来拿起话筒，对甲说，甲也站起来）出来，你有完没得哟？你这不是妨碍工作吗？

甲：（从后面走出，深情地陶醉着）哦，多有情调啊！

乙：啥情调，你这是调情。来点贴近实际的。

甲：哪样贴近实际？

乙：就说第一书记下村干了些啥？

甲：哦，干得可多了，做的全是实事。

乙：这不就对了嘛。

甲：来来来，坐倒坐倒，开始。书记扶贫下基层，进驻帮扶的贫困村，制定详细脱贫方案，挨家挨户摸实情。引导村民植物种植，解决撂荒土地问题。帮李大爷家盖房子，帮莫二叔建了李子基地，帮王三娃家种上了甜橙树，帮张幺嬢筹款救了急，帮曾幺爸种植了蔬菜、药材，帮杨大妈养了肉兔和肉鸡，帮赵大哥养猪和牛，还给刘大姐家发放了生猪与土鸡。她是又发补贴又送鸡鸭，（唱）左手一只鸡，右手一只鸭，背上还背着一个胖娃娃呀，咿呀咿得喂、咿呀咿得喂（甲停顿，乙以为甲会继续唱，做着表演动作，结果甲停了下来，在乙松懈时，甲又唱了起来。可反复几次）……

乙：停。这哪里是扶贫哟，你这是回娘家呀！

甲：（出来）我听说你老婆娘家就在那个村呀。

乙：（打甲肩头）你老婆才在那个村呢。

甲：哎哟，说就说嘛，打啥子嘛打？那换一个嘛。

乙：换一个。

甲：来，坐倒坐倒。常言道，"治穷先治愚，扶贫先扶志"。"输血""造血"两结合，摘"穷帽"拔"穷根"，激励贫困户发奋图强自力更生。要想富先修路，贫困的根源是没有路；于是，组织工程组高唱凯歌修渠铺路，终于打通了这条悬而未决的断头路！这，是一条通往脱贫致富的必经之路，这条路，撑起了村民多年的致富梦想。这，是一条通向爱情的希望之路，有了这条路，大龄青年王三娃找到了对象张小华。啊！亲爱的小华，我爱你粗如麻绳的青丝秀发，我爱你柳叶眉大如毛虫，我爱你大大的眼睛只有一条缝，我爱你悬胆鼻梁朝天冲，我爱你樱桃小口如岩洞，我爱你杨柳腰粗如黄桶，我爱你大脚板小巧玲珑。啊，小华，你是我心中的灯塔，如果没有你，我两眼迷茫无抓拿！啊，小华呀小华，你是天上金丝鸟，我是地上癞疙宝（蛤蟆），你在天上飞啊飞，我在地上追呀追。（唱）亲爱的，你慢慢飞，小心前面带刺的玫瑰；亲爱的，你张张嘴，风中花香会让你沉醉；亲爱的，来跳个舞，蹦叉叉、蹦叉叉、蹦叉叉、蹦叉叉……（乙跳交谊舞转得头晕，作差点摔倒状）

【甲情不自禁跳出来，乙连忙拿起话筒，对甲说。

乙：停停停停停，啥子乱七八糟的。

甲：又啷们了嘛？

乙：你这蹦叉叉、蹦叉叉，头都给我蹦晕了。

甲：脱贫了，终于找到对象了，高兴呀！

乙：你倒高兴了，气都快给我跳脱了。

甲：辛苦了、辛苦了（给乙捶背）。

乙：这还差不多！

甲：怎么样？我们扶贫攻坚有成效吧？

乙：那是太有成效了！

甲：呃，你晓不晓得？习近平总书记强调，按照贫困地区和贫困人口的具体情况，实施了"五个一批"工程呢。

乙：唧们会不晓得呀，那是人人皆知。

甲：呵呵，懂得还挺多嘛，说一说。

乙：听到哈。（贯口）发展生产脱贫一批，易地搬迁脱贫一批，生态补偿脱贫一批，发展教育脱贫一批，社会保障兜底一批；还围绕基础先行、产业支撑、民生为本、党建保证进行科学精准去扶贫。妈呀，气都差点回不过来了！

甲：（鼓掌）好，说得好。

乙：观众朋友们，我们扶贫不只是扶贫，还引导农民树信心，不向政府等、靠、要，结合实际靠自身。

甲：对头，我们要告诉农民朋友们，我们的生活不单有痛苦和欢乐，还有诗和远方。

乙：啥？元芳？

甲：（指乙）没文化真可怕！

乙：（推甲）你去哟。（行礼谢幕）

创业风

时　间：现代

地　点：农家小院

人　物：妈妈，女，中年，开朗泼辣。

　　　　小文，男，青年，有为青年。（妈妈的儿子）

　　　　小雷，女，青年，活泼可爱。（小文的女友）

　　　　小敏，女，青年，聪明伶俐。（妈妈的女儿）

【幕启：妈妈家里，一张桌子，两把椅子。桌上有茶杯。妈妈利索地用抹桌布擦拭桌椅。

妈妈：（戏剧耍手帕出场）哚哝哝哝、哚哝哝哝、哚打哝哝哝。（亮相，定型，唱）今天是个好日子，心想的事儿都能成。（内问：李妈，啥子事这么高兴哦？白）啊？问我啥事这么高兴呀？我给你说嘛，我有两个宝，啥子宝？我有一对儿女，你们说是不是宝？我儿子女儿都大学毕业了，儿子在北京工作几年了，女儿也在成都上班。前不久儿子在电话头跟我说他交了个女朋友，要接我到北京去和他们一起过。唉！在这穷山沟苦了大半辈子的我，也该到大城市去开开眼界、享享清福了！想起这事我这个心里就甜蜜蜜的，就高兴、就想笑。哈、哈、哈……（下）

【儿子手拉行李箱同小雷、小敏背背包上。

小文：早上还在北京城。

小雷：（温柔地拥着小文）下午就到自家门。

小敏：现在交通真便利，万里路程一日行！嘿嘿，到家了。哥，你先进去跟妈说。

小文：妹儿，妈最喜欢你，你去。

小敏：哥，你是儿，妈最听你的，你去。

小雷：你们两个莫推来推去的，总得有个人先去说，总不是我去说嘛。我去看我们办公司的许可证下来没得。

小敏：小雷姐，我跟你一起去。

小雷：好。

小文：妹儿。（兄妹推让后，小敏和小雷一起将小文推进家门，小文跟跄进屋，小雷和小敏跑下，小文只得自己调整好自己，喊）妈、妈、妈——

妈妈：（在内问）是哪个？

小文：我，你儿子。

妈妈：（从内边出边说）我儿子，不可能哟？

小文：妈。

妈妈：哎呀，硬是我儿耶，刚才我还在念你耶。嘟们不先打个电
　　　话说一声，我好去接你嘛。

小文：就是要给你个惊喜呀。

妈妈：（边说边倒开水）来来来，喝口水，妈去给你煮吃的。

小文：（忙接过杯子）妈，我不饿。

妈妈：儿子，你不是说要了个女朋友吗？嘟们不带回来给妈
　　　看看呀？

小文：嗯……

妈妈：哎，不带回来也好，这穷乡僻壤的有啥看头，反正妈要跟
　　　你到北京去的，去了再见面也不迟。

小文：（岔开妈的话）哎呀，我们家乡真好，我一回来就感到亲
　　　切。

妈妈：有啥亲切的，山永远都是那皱巴巴的山，河还是那脏兮兮
　　　的水。就连簸箕那么大坨天经常都是雾蒙蒙的，难得真正
　　　看到点蓝天。我算是过够了。

小文：（顺倒妈说，给妈捶背）也倒是啊。这个问题只要有人管也
　　　好办。

妈妈：嘟们管？十里八乡那么宽，哪个管得了？再说，就是有人
　　　管，这些人也不爱惜，管也等于零。

小文：（感慨地）哎，我们这里还真是个好地头！

妈妈：好地头？是好地头噻，这些人又不得打起眯儿头往外面钻

了哟。就说我们村里吧，所有的年轻人，考学的考学、打工的打工，都跑出去了，剩下的全是些老弱残兵。

小文：正是因为这些，所以我……

妈妈：（高兴地抢说）所以你就要接我到北京去享福？

小文：（慌张地）不、哦、嗯——

妈妈：这娃儿哟，刚回来，唧们说话吞吞吐吐的呀？儿子，邻居们听说你要接我到北京去，送了好多土特产叫我们带去。你坐会儿，我去拿来你先尝尝。（下）

小文：妈——（望着妈的背影）本来是说接妈到北京去，她老人家年龄大了，我们也好照顾她。但自主创业是我心中多年的梦想，这次我又选择回家乡创业，还没和她商量，得慢慢转变她的思想。

妈妈：（端着装有花生、核桃的竹篓高兴地上）娃儿，来尝尝这花生、核桃。

小文：（吃着花生、核桃）妈，我们这儿的原生态花生、核桃好香哟！

妈妈：那是当然，又没打过农药，又没施过化肥。

小文：就是要吃这些天然食品，不但我们自己吃，还要让全国人民都吃得到这种无公害食物。

妈妈：啥、啥害？

小文：无公害。妈，我想给你说件事。

妈妈：啥事？是不是准备结婚的事？

小文：嗯，有这个打算。

妈妈：（高兴地）那好呀。快点把婚结了，趁妈这几年还遛得动，好给你们带娃娃。

小文：就是，一家人在一起，多好啊！妈，你未来的儿媳妇一会儿就要来看你。

妈妈： 啥，来看我？你们一路回来的？为啥不带她一起进屋？（欲出门去看，小文拉住妈）

小文： 妈，她是我的同学，你认识的。

妈妈： 你同学？我认识？（想）我们这一带没得哪个和你一起考起大学的呀？

小文： 妈，其实呀，现在这个社会，考不考得起大学并不重要，关键是看她有没得能力，对不对？

妈妈： 不对。现在讲究的是文凭，没上大学就不行。是哪个？

小文： 就是、就是河对门的那个小雷。

妈妈： （惊呼）啥子呀？就是和你一起读高中的那个小雷？（儿点头，妈生气地）不行，不是大学生，门不当户不对，不能跟她结婚。

小文： 妈，都啥子年代了，你还那么封建。

妈妈： 娃儿，你听我说，当初你和你妹妹那么辛辛苦苦读书，你现在又在北京找到了好的工作，那多洋盘哟！喊别个看看，我儿子那是要长相有长相，要身材有身材，还愁找不到好姑娘？

小文： 妈，不是那么回事。

妈妈： 那又是哪么回事呀？

小文： 我跟你说嘛。

妈妈： 我在听。

小文： 妈你放心，你儿子长大成人了，分得清是非好歹，我和小雷交往多年了，她就是个有情有义又能干、心地又善良的好姑娘，我要和她一起回来开公司，建设家乡。

妈妈： 啥子呀？啥子呀？你越说我越糊涂了，你把话给我说清楚点。

小文：妈，我给你明说了吧，我这次回来就不打算再回北京了。我已辞去了那里的工作，一起回来好好干番事业。我们已经商量好，要在家乡成立一个生态环境保护公司，跟着国家"大众创业、万众创新"的步伐，实现国家十三五规划，把家乡建设成为山清水秀、环境优美，拥有绿色食品的生态家园。造福这方百姓。

妈妈：（担心地）儿呀，你是不是生病了哟？

小文：没有。

妈妈：（用手试小文前额，又摸自己前额）是在发高烧吧？

小文：不是。

妈妈：（大声而生气地）那好道。你大白天的说啥子梦话哟？我问你，当初你起早摸黑地刻苦读书是为啥？不就是为了脱农皮、跳农门吗？如今总算跳出这个山窝窝，你转个圈圈又回来。你疯了呀你？

小文：妈，你听我给你说嘛。

妈妈：我不听，赶快把你刚才说的话收回去，就当你放了个屁，我们马上收拾东西回北京。

小文：妈，我说的是真（蒸）的。

妈妈：还是煮的呢。

小文：是真的。

妈妈：当真？

小文：当真。

妈妈：（耍横地一屁股坐在地上哭）哎呀，我的我的呀。

小文：你的啥子嘛？

妈妈：你管得我的啥子。（面向观众）耶，我的啥子呀？哦，我那个背时冤家呀，我一个人千辛万苦把你儿子养大噻，他又不听我的话呀，呜……呜……

小文：妈——

【儿欲去拉妈，妈顺势将鼻涕甩向儿，儿忙跳开。拿抹桌布递与妈揩眼泪，妈接过欲揩，看是抹桌布，狠狠地扔给儿。儿接过抹桌布揩去自己身上的鼻涕后，过来扶妈起来。

小文：你莫哭了嘛，起来。

妈妈：我不起来，你不回北京我就不起来。

小文：妈，我问你，爸爸生病时，我们家那么困难，是谁捐钱给爸爸治病？

妈妈：是乡亲们。

小文：我和妹妹读书又是哪个资助的学费？

妈妈：政府。

小文：对了嘛。（扶妈起来）现在我们学业有成了，该不该回来为家乡的建设出把力？

妈妈：哼。（转向一边）

小文：（耐心开导妈）妈，你儿现在学得了一身技能，就该回来报效家乡、报答乡亲们。看到家乡环境一天天变坏，儿心里难受啊！

妈妈：你可以捐点钱、捐点物，也用不着离开北京那么好的地头呀！

小文：妈，家乡人民对我家恩重如山呀，（小雷手拿文件夹和小敏身背背包上）岂能是捐点钱、捐点物就能报答的？我们不但要自己富裕起来，还要带领村民们脱贫致富，建设一个绿色食品、生态环保的好家园，才不辜负家乡人民对我的期望啊！

妈妈： 我是说不过你喝了一肚皮墨水的人。反正我不同意你回来。

小文： 妈。

小敏： 妈。

小文： 妹妹来了。

【小雷欲回避，妹将小雷推向妈。妈如获救星地看也不看抱着小雷。

妈妈： 哎呀，女娃子，你快劝劝你哥哥，他要回来当农民。

小敏： 妈，我在这儿。

妈妈： 啊？（推开小雷）我是说唧们小了一圈呀。

小敏： 走拢就把你儿媳妇抱到，不要你女儿了嘛。

妈妈： 把老娘都气糊涂了。（妈拉着女儿的手坐在一旁）

小文： 妈，这就是小雷。

小雷： 阿姨。

妈妈： 哼。（生气地背过脸去）

小雷： 阿姨，你儿女都回来了，你应该高兴嘛。

妈妈： 高兴？差点没把我气死。哎，我问你，当初你没有考上大学，只怪你自己命不好嘛。我儿子好不容易考上大学，又在北京工作得好好的，你跟他灌了啥子迷魂汤让他鬼迷心窍硬要跑回来，啊？

小文： 妈，我自己要回来哈，不怪小雷。

妈妈： 不怪她怪哪个？不是为了她，你得回这个乡楸楸？

小敏： 妈，人家小雷姐当初虽然没有考上大学，但她高中毕业后就到北京去打工，她边打工边自学，现在也是大学毕业生了。

妈妈： 那好道。都是大学生不在外面好好混，偏要回这山沟沟？这儿天又小、山也高、路又窄，你想发展都难得。

小雷： 阿姨，正是因为这些，我们才回来创业。

小文： 妈，现在电视头不是天天都在讲"大众创业，万众创新"，鼓励大学生回乡创业吗？

妈妈： 少给我说空话。那个电视头说的话都能当真呀！那里头天天都在喊降房价、降房价，降没得嘛！结果是越降越涨。

三人： 啊？！

妈妈： 啊啥子啊。

小雷： 阿姨，这是两回事。

妈妈： 一回事，都是电视头说的。

小文： 妈，我们说的跟你说的不一样。别个好多大学生早就行动起来了，一个个公司办得红红火火的。

小雷： 就是，比如说我们大英县就是，彩粮食品方珺华，若冰印象传媒漆巧，优仕教育漆中国，天麻种植谭娟……

妈妈： 别个我管不着。你们回来就不行。

小文： 我们办公司的申请都交上去了。

妈妈： 啥，申请都交上去了，交、交给哪个的？

小雷： 当然是最基层领导村主任哟。

妈妈：（将大腿一拍）我说嘛。这村主任看了交乡长，乡长看了交镇长，镇长看了还、还得交县长。这一级一级地交上去，再一级一级地研究下来，不晓得要等到猴年马月。你娃一个个地去傻等嘛。

小敏： 现在政府便民服务没得那么差。

妈妈： 这个就莫跟你妈争了。老娘过的桥比你娃娃走的路多，就这么回事。

小雷：（拿文件与妈看）阿姨，已经批下来了。

妈妈：批下来了？（看文件后使劲将文件甩给小文，用手指小文）你，太让我失望了！女娃子，我们走，我跟你到成都去，我就不信他在这山沟沟头翻得了天。

小敏：妈，我也是回来和哥哥他们一起创业的。

妈妈：啊，这都是吹的哪股风哟！

三人：创业风。

————剧终

（荣获遂宁市第九届"幸福家园·百佳千星"戏曲小品大赛一等奖）

拉不住的诺言

时间： 2019 年

地点： 大牛家

人物： 兰梅，女，青年，大牛妻子。

大牛，男，青年，兰梅丈夫。

张局，男，单位领导。

小君，女，大牛同事。

【大牛家里。《摇篮曲》（东北民歌）音乐声中，兰梅抱着婴儿哄着婴儿睡觉。

歌词：月儿明风儿静，树叶儿遮窗棂啊；蛐蛐儿叫铮铮，好比那琴弦儿声啊；琴声儿轻，调儿动听，摇篮轻摆动啊；娘的宝宝闭上眼睛，睡了那个睡在梦中啊——

【兰梅将婴儿抱进里屋。大牛和张局长、小君上场。大牛望了一眼自家门口，转身对张局和小君说。

大牛： 张局、小君，这次在兰梅生孩子这么关键的时候，我的不辞而别，对她打击肯定很大，我又不好过多解释。把你们请来，是想请你们帮我好好劝导劝导她。

张局： 要得，你先进去，我们在外面见机行事。

小君： 大牛哥，无论兰梅姐生好大的气、发好大的火，你都千万要忍到哈，一定要淡定、淡定，再淡定。

大牛： 嗯。（大牛进屋，向内喊）兰梅、兰梅，我回来了。

【兰梅从里屋冲出来，非常生气地。

兰梅： 哪个喊你回来的？这个家没有你，你也没有这个家。出去、出去。（掀一把大牛，生气地侧身坐在椅子上）

大牛： 兰梅，你听我解释。

兰梅： （伤心地）我不听，你的解释没有任何意义。

大牛： 对不起。

兰梅： 对不起？是我对不起你。我不该和你组成家庭，更不该跟你有了孩子。那样，你就可以天马行空、横冲直撞了。

大牛： 不是。兰梅，你要理解我。

兰梅： （爆发式的）理解不了。你这个骗子！

大牛：我没骗你。

小君：兰梅姐好生气哟。

张局：让她发泄一下吧，都不容易啊！

兰梅：你——还在说没骗我。

大牛：我真没骗你啊！

兰梅：（回忆地）想当初，我们结婚的时候，你当着那么多亲朋好友说，你是风筝，我是线，线儿拴在风筝杆，只要线儿收一收，风筝立马就回转。

大牛：是啊。我当时还答应过你会随叫随到的。

兰梅：可是呢？你却在我们新婚之时毅然离去，头也不回，一去就是两天。

大牛：那是贫困户赵大爷家的房子垮了，我必须去把他安顿好。

兰梅：那我怀孕的时候，难受得要死。你说要一直陪着我，一去又是一个礼拜。

大牛：因为孤寡老人刘大妈生病没人照看，我走不开。

兰梅：生孩子，是一个女人最危险的时候啊！俗话说，儿奔生，娘奔死。你说一定要守着我们两娘母，你又守在了哪里？

大牛：当时接到迎检通知，我不敢来跟你当面告辞。

兰梅：当我颤抖着双手拿起笔在自己的手术单上签字的时候，我就在想，这一笔落下去，就是我自己在给我两娘母签生死牌啊！孩子的父亲在哪里？我最亲最亲的丈夫在哪里——他不辞而别，他手机关机！

大牛：对不起。

兰梅：（背对着大牛，伤心而无奈地摇着头）大牛。

大牛：嗯。

兰梅：我们——离婚吧。

小君：啊？兰梅姐要离婚？

张局：这下要看大牛的智慧了。

大牛：（故作轻松地）兰梅，莫说气话了。这次领导给我放了几天假，我在家好好陪你和孩子……

兰梅：不用了。你，走吧。

大牛：兰梅，我……

兰梅：滚出去，我永远不想再见到你。（掩面而泣）

【小君想冲进屋去，张局拉住小君。

张局：看大牛怎么表达。

大牛：兰梅，我晓得自己不是一个好丈夫，可能也做不了好父亲。是啊，我说过要随叫随到，要一直陪着你、守着你，结果，都食言了！并非是我无情，只是、只是在工作特殊的情况下，我真的顾不上你啊！如果你——真决定要和我分开，我不怪你。但是在我心底是非常爱你和孩子的呀。

兰梅：你——滚——（爆发式地）

【大牛疲惫而又黯然神伤转身离开。

【刀郎歌曲《西海情歌》响起：

歌词：还记得你答应过我不会让我把你找不见，可你跟随那南归的候鸟飞得那么远，爱像风筝断了线，拉不住你许下的诺言。我在……

【张局和小君进屋，大牛沮丧地望着张局和小君。二人示意大牛别难过，小君将大牛拉到一边的椅子上坐着，二人与兰梅打招呼。

张局：兰梅。

小君：兰梅姐。

【兰梅看见张局他们，像见到亲人一样更加伤心地痛哭着。

兰梅：（扑向小君）小君。

【小君抱着兰梅，无声地安慰着她，任由兰梅释放出内心的酸楚，小君也跟着抹泪。片刻，兰梅平静下来。张局和小君扶兰梅坐下。

张局：兰梅，今天我和小君代表单位来看望你，你是一位伟大的妻子和母亲，我们向你致敬。

兰梅：大哥，莫这么说，我担当不起。

小君：兰梅姐，你一直都是我学习的榜样。我将来要是结婚了，一定像你这样做个好妻子好母亲。

兰梅：我哪有那么伟大。

张局：兰梅啊，其实在大牛心里，除了工作，最牵挂的就是你啊！

小君：就是就是，我们都说大牛哥是十足的暖男。

张局：自从你嫁给大牛那天起，你就是大家心中的好媳妇。大牛担任扶贫村第一书记以来，为贫困户的经济如何增长、危房怎么修建、如何才不破坏生态环境、贫困户孩子的教育问题、贫困户医保社保问题费尽心力。工作千头万绪，贫困村实在是离不开他呀！

小君：他不辞而别，是工作需要，他没有去干坏事，为了国家的扶贫攻坚，随时都处在紧张忙碌的状态中呀。

张局：如果你这样赌气和他分开了，你叫他怎么能够安心工作呢！万一他出个啥子意外，你忍心吗？还有孩子，你总不会希望孩子在一个不健全的环境中成长吧？！

小君：就是呀，兰梅姐，大牛哥对你那是真好啊，随时在我们面前都是，我家兰梅如何如何。哎呀，那是从头到脚都充满了爱啊。让我们这些未婚女青年对你那是羡慕嫉妒恨啊！

大牛：（悄声对小君）你太夸张了吧。

小君：哪有呀。哼，你要是真把大牛哥踹了呀，至少有七八个美女都抢着要嫁大牛哥哟。

张局：呃，我说小幺妹，你是来劝架的还是来拆台的，说话没轻没重的？

小君：啊？我说错了吗？

兰梅：你站着说话不腰疼。二天把你也嫁个驻村干部，你才晓得厉害。

小君：哈哈，我找的就是个村干部哦。

张局：小君，别闹了。兰梅，对于大牛的不辞而别，你要对他进行惩罚。

大牛：啊？！

张局：我建议呀，首先罚他蒙头大睡两天，再罚他给你煮饭，给孩子洗尿布，给孩子喂奶……

小君：啊？大牛哥有奶吗？

【兰梅破涕而笑。大牛一下如释重负。

小君：啊，兰梅姐笑了。

张局：小君，扶你兰梅姐进屋休息，我们都去看看孩子。大牛，带路。

大牛：（看了一眼没有反对的兰梅，高兴地）呃呃，我把娃娃抱出来。

【大牛抱出孩子，众人宠溺地看着孩子。歌曲《国家》音乐响起。

歌词：国的家住在心里，家的国以和蠹立；国是荣誉的毅力，家是幸福的洋溢；国的……

【在音乐声中谢幕。

2019 年 1 月 2 日

（荣获遂宁市第十届"幸福家园·百佳千星"戏曲小品大赛一等奖）

陌生邻居

时间： 2018 年

地点： 某居民楼

人物： 大叔，男，中年居民，滑稽、固执。（简称"叔"）

阿姨，女，中年居民，诙谐、开朗。（简称"姨"）

小周，女，青年，居委会工作人员。（简称"周"）

【幕启：舞台上一面两道防盗门布景，分别是大叔和阿姨两家房门。

【阿姨一手提着菜口袋，一手提着随身听，嘴里哼着歌上场。阿姨走到大叔门口侧耳听一会儿，没有动静。

姨： 唉，都这大一天了，这家刚搬来的老头还是关门闭户的，一个人在家真不容易啊！我得找机会跟他熟悉熟悉。

【阿姨打开左边自家房门，拿出一小凳有意坐在右边大叔家门口理菜，旁边放着随身听听音乐。

【大叔打开一道门缝，看见阿姨坐在他家门口，心中顿时不爽，便在门口指指点点，又不敢声张，动作很是滑稽。

【阿姨起身，大叔忙关上自家房门，听见阿姨拿菜进屋，大叔悄悄打开门，见左右无人，将阿姨的小凳放到阿姨家门口，气愤地用脚将地上的菜叶子踢向阿姨家门口。又听见阿姨家有响动，忙躲进自家屋里。

【阿姨出门踢到凳子，差点绊一跤。又见地上菜叶散一地，知道是隔壁的人干的，故意大声说话。

姨： 吔，怪了，出小神子了，我这个板凳自己会走路了？

【阿姨生气地将凳子放在大叔门口，阿姨躲进屋偷窥，见大叔出门搬凳子，阿姨走出门看着大叔。

叔： 你说哪个？说哪个？

姨： 吔，各人忍不住出来了？你为啥搬我的板凳？

叔： 你的板凳放在这儿，我的板凳摆哪儿啊？

姨： 你也来和我摆龙门阵啊？

叔： 想多了。（坐在凳子上看手机）

姨： 你在看啥子？（凑近）

叔： 过去点，莫挨那么近，这是三八线。

姨：才小气哟，我偏要挨到点啦。

【音乐起，二人跳起板凳舞蹈。

叔：嘿，你这个人才怪哦，我们又不熟，你尽倒扭倒我爪子啦？

姨：挨门挨户的，一来二去就熟了嘛。

叔：少来这些哈。现在是楼上楼下不来往，左邻右舍话不讲；对面如同陌路人，都把邻居来提防。

姨：是要提防倒点噻，哪晓得你心头有没得打猫儿心肠。

叔：（被曲解后激动地）我有打猫儿心肠？你一天到晚音乐放起，歌儿唱起，抽根小板凳在我这门口一坐起，弄得我在屋头是春潮涌动。

姨：呵呵呵呵，你个鬼老头。

叔：哦不，心慌意乱。

姨：哎哟，老不正经。

叔：还是不对，心神不宁的。这下总算整对了！

姨：哈哈哈哈——（转身欲走，大叔忙解释）

【小周手拿登记簿上。

叔：你你……

周：叔叔阿姨都在呀？我找你们好几天了！

【二人立即戒备地看着周，向两边躲闪。

叔、姨：你，是哪个哟？

周：我是鄞江社区的工作人员，也是你们邻居呀。

叔、姨：（互看一眼，质疑地）邻居？

周：啊。

叔、姨：（上下打量周，同时摇头）不认识。

周：我住楼上，你们叫我小周就行。

叔：管你姓周不姓周。

姨：我没得事情把你求。

叔、姨：回屋。

周：叔叔阿姨先别走，是这么回事：

（快板1）

"六联机制"大推广，造福人民理应当；

卫生处处要清洁，文明建设须联创；

登记电话信息网，治安管理当严防；

一家有难大家上，邻里困难互相帮。

姨：是这么回事哦。

叔：我弃权，不参加。

（快板2）

两耳不闻窗外事，不串门，不叽喳；

悠悠闲闲过日子，免得祸事落我家！

姨：哎哟。不串门，不叽喳，把你供在神龛上当菩萨。

周：叔叔阿姨真有趣，相互斗嘴把狗粮撒。

姨：啊？你年纪轻轻眼睛花，我会跟他（指大叔）是一家？

叔：哼！我的眼光高得很，咋个都不会看上她！

叔、姨：看上他（她）！（二人手指对上，电流的声音）

周：哦，是邻居呀？现在邻居像你们这么亲热的也太少了！

姨：呃，你会不会聊天哟？你看倒我们两个亲热了的哇？不是说的话，跟他这种冷冰冰的人当邻居，冷都要把人冷死了。

叔：我也不想和你一般见识了。（看手表）哎呀，十一点半了，我该煮中午饭啰，拜拜。（一个造型，进屋）

周：呃，叔叔，留个电话。（被大叔关门拒绝）

姨：唉，小周过来坐倒。

周：这个叔叔太拒人千里之外了。

姨：就是，我看他一个人在家太孤独，有意和他说说话。他这样不和人交往，万一家里出点啥子事咋办啰！

周：是呀阿姨，所以我做公益事业，就是为了带动大家学习、娱乐、健身，预防违法和犯罪，排查安全隐患，帮助大家做好事。

姨：这样哦，小周，阿姨配合你的工作，记下我的电话。

周：好。

【大叔从屋里出来，边往外走边接听电话：喂，好、好，我马上过来。

周：叔叔，留个电话吧。（欲叫大叔登记，大叔拒绝）

叔：我有急事，不得空。（匆匆下）

周：叔叔、叔叔。

姨：这个老头犟得很，我们不理他。

周：现在生活过好了，不愁吃不愁穿，回家就把门一关，人和人之间都生疏了！

姨：就是。记得我们小的时候，邻里之间那才叫和谐哟。你家搅凉粉给我家端一碗，我家洇凉面送你家一碗。晚上聚在一起唱歌、跳舞、讲故事，大家和和美美围成一大圈！

周：那多好啊！

姨：嗯。（闻到一股煳臭味）哪家的锅巴好香哦。

周：不对，这是煳味儿？阿姨，是你家饭煮煳了吧？

姨：我还没烧火呀。（闻到大叔门口）

二人：是他屋头。

周：他在做午饭。

阿姨：（透过门缝看大叔家的情况，惊慌地）烟子都钻出来了。

（快板3）

　　糟了糟了出事了，鬼老头家里燃火了。

周：赶快打电话把信报，火势变大不得了。

姨：万一烧到我屋头，这个损失要他报销。

周：没有他的电话号，眼睁睁看着浓烟冒。

二人：不得了、不——得——了！

姨：这个鬼老头刚才要他电话他又不给，这下咋办？

周：阿姨，你想想，平时哪些人来过他家？

姨：我想想我想想。哦，那个那个经常教我们跳舞的刘老师和他
　　是亲戚。

周：刘老师啊我认识，我登记了她的电话的。（拨打电话）喂，是
　　刘老师呀？你认识鄞江小区一单元一楼一号这个刘大叔吗？
　　太好了，麻烦你赶快联系他，他家里着火了，叫他赶快回来。

姨：哎呀，烟子越来越大了。小周呀，你快点把911也喊来哈。

周：是119，啥子911哦。

【大叔慌慌张张跑上。

叔：哪儿、哪儿燃起来了？

姨：你屋头燃起来了。

周：快开门嘛。

【音乐起。大叔慌乱地半天开不了门，小周接过钥匙帮忙打开，浓烟很大，小周阻止大叔进屋，阿姨从自己家里提着水出来，三人轮换提水灭火，三人冲进屋内救火，119消防车声音。三人很累的样子出来。

姨：哎呀，总算打熄了，魂都给我骇脱了！

叔：（感激地）谢谢谢谢。幸亏你们及时通知我，不然后果不堪设想！

周：这就叫一家有难，大家帮忙。

叔：邻居大姐，不好意思，把你家弄得稀脏，一会儿我去帮你打扫。

姨：算了算了，你屋头更乱，还是我去帮你打扫。

周：你们二老又在这儿撒狗粮。

姨：（嗔怪地指着周，反转来责怪大叔）都怪你，喊你留个电话号码，你不干，还以为别个要占你好大个便利。

叔：是是是，我是死脑筋、老顽固。

周：大叔，那这个电话？

叔：登记，马上登记，大姐，你也快登记起，万一你屋头二天也着火了……

姨：啊呸呸呸，乌鸦嘴。我早登记了。（二人交流）

周：常言道，远亲不如近邻。

叔、姨：近邻胜似亲人！

【三人随着音乐舞蹈，跳着跳着阿姨一下扭了腰。

姨：哎哟、哎哟。

周、叔：嘟们了？

姨：腰杆扭了。

叔：快，我们送你去医院。

【大叔、小周搀扶阿姨下。音乐声中落幕。

（荣获遂宁市第十一届"涪江之秋"文艺调演二等奖）

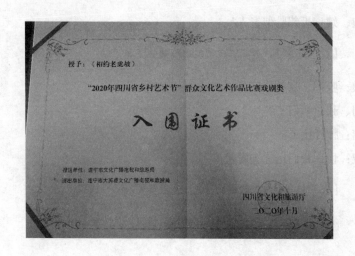

相约老虎坡

时　间：现代

地　点：村委会

人　物：王书记，男，青年，正直果断，村支书。

　　　　文小勇，男，青年，诙谐风趣，年轻村民。

　　　　李嬢嬢，女，中年，泼辣刁钻，贫困户。

　　　　雷幺妹，女，青年，精怪慢性子，村民。

【幕启。背景布置：土坡，竹林，一张桌子，四根板凳。

【王书记的声音响起。音乐 1，广播声音。

王书记：通知，通知，请老虎坡村的村民们早饭后到村上来开大
　　　　会，请相互转告，请相互转告。

【紧接喜剧锣鼓，人物上场，李孃孃、雷幺妹、文小勇在鼓点声中相继出场亮相。（数板1）

李孃孃： 正在屋头睡瞌睡，书记吼声像打雷。

文小勇： 我还以为吼啥子，原来是要开大会。

雷幺妹： 大会年年都在开，看来又要得实惠。

李孃孃： 想得美，想——得——美。哼——

【王书记咳嗽一声，大踏步上场。李孃孃示意大家藏起来，雷幺妹慢半拍，被李孃孃推至土坡下躲起，王书记走至中场。

三　人：（同时）王书记，哈哈哈哈。

【王书记被吓一跳。

王书记： 清早八晨的，吓死个人了。李孃孃、幺妹、勇娃子，来来来，开会、开会。

李孃孃： 书记，开啥子会喃？

王书记： 今天会议议程有两个，第一，这次疫情防控啊，多亏有你们这群老孃孃老大爷监督把控，全村村民也自觉配合，不出门、不聚会，才使我们村疫情得到有效控制，我要对大家进行表扬。

文小勇： 鼓掌。

王书记： 这第二，就是决战决胜完成脱贫攻坚，全面建成小康社会。

【三人互望一眼。

雷幺妹： 啥——子会？

王书记： 听到起哈。（音乐2，数板2）

扶贫攻坚收官年，

脱贫致富成果显；

乡村一片新面貌，

建成小康新家园、新——家——园。

李孃孃：没明白。

雷幺妹：没——听懂。

李孃孃：下来下来，好生说。

文小勇：书记的意思就是，我们现在决战决胜完成脱贫攻坚了，要为全面建成小康社会奋斗。书记对了的嘎？

王书记：对，口头表扬一次！跟你们说哈，我们不只是搞种植业，还要搞养殖业、办农家乐、打造乡村网红打卡地。到时候啊，游客和车子就像赶鸭子一样，呜啦啦地到我们村来。所以，村委会决定要扩建这条乡村路。

雷幺妹：好——（鼓掌）

王书记：幺妹，你屋头那个院坝冒得太出来了，我们计划把你家院坝征用一部分。

雷幺妹：啊？

王书记：放心，我已经给你男人打电话说了，他说没意见。

雷幺妹：啥，他——在当家了哇？

文小勇：雷大姐。

雷幺妹：哪个，是你大姐？请喊我小姐——

三　人：啊？

雷幺妹：姐。

王书记：喊小姐姐、小姐姐。

文小勇：哦，小姐姐，把路扩宽了，对大家都有好处噻。

雷幺妹：好——吃亏，我——不干。

李孃孃：哎哟——酸不溜秋的，就是想村上补偿她钱。

雷幺妹：她——说的哈。

王书记：哦哦哦，放心，用了你的地，不得让你吃亏，一定给你补偿。

雷幺妹：不——错。

王书记：文小勇，今天这个事，你表个态。

文小勇：书记，建设家乡的大好事，我举双手双脚赞成。只是，我毕业就出去打工了，都没咋摸过锄头。

雷幺妹：哈哈哈哈，（川普）是压根就没有摸过。

李孃孃：你们这些猫牯头娃儿，做庄稼，简直是争火又欠炭。

文小勇：就是就是。

王书记：所以，我们村委会决定，请农业大学的专家来打造我们村的特色文化品牌，举办技能培训班，让我们村会种庄稼的种庄稼。

文小勇：不会种庄稼的……

李孃孃：做啥子？

王书记：搞乡村旅游产业嘛。

文小勇：我一定好好学，好好干。

王书记：我们要把所有村民都喊来培训，把土地全部纳入合作联社整合。

李孃孃：啊？还要整合啊？我就剩屋后头那块地了哒。

王书记：李孃孃，你和李大爷身体不那么好，加上年纪也大了，又是贫困户，我们应该照顾你。

文小勇：就是嘛，万一你有个三长两短……

王书记：（忙制止）呃，嘟们说话的？

雷幺妹：哈哈哈，他咒你。

李孃孃：（追打文）你咒我，你敢咒我，看我不打你，还咒不咒我？

文小勇：不敢，说错了、说错了。

王书记：李孃孃，下来下来，莫绊倒了。李孃孃，你莫跟他们一般见识哈。

李嬢嬢：你们实在要整呀，我连二杆也罩不过你大巴腿，但是——

雷幺妹：看戏。（音乐3，数板3）

李嬢嬢：我屋后头那块土地，我只把两头拿给你。

王书记：啊？

李嬢嬢：中间的我要来做自留地，你说可不可以？

王书记：这？

文小勇：李嬢嬢这是啥意思？

雷幺妹：装——怪噻！

王书记：李嬢嬢，你也是当了大半辈子的农民了，你不做农活，周身会不舒服，我们把土边边留给你做自留地要不要得？

李嬢嬢：不，我就要土——中——间。

王书记：李嬢嬢，这么要不得。

李嬢嬢：要不得就不整噻。

文小勇：李嬢嬢，你这不是为难书记吗？

李嬢嬢：少在这儿拍马屁。

文小勇：哪个在拍马屁？

李嬢嬢：就是你，就是你，就——是——你。

【音乐4，小争斗3个八拍，文小勇与李嬢嬢争执，雷幺妹打帮忙锤，王书记忙制止。

王书记：停——你看你们（对小勇、幺妹），像个啥子样子哟。李嬢嬢，来来来坐。

李嬢嬢：哼——

王书记：李嬢嬢，消消气。你看哈，前些年我们搞合作社，把大部分土地集中起来种植甜玉米、白菜、萝卜这些，大家都还是有搞头的，是不是？

文小勇：就是嘛，有钱挣，比啥子都好。

雷幺妹：享——清福，还拐了哇？

李嬢嬢：你这些嫩水水娃儿哪晓得我们这辈人对土地的感情哟！记得小时候，村里闹灾荒，莫说粮食了，连树皮都吃得溜光。看到光秃秃的土地没得庄稼，我们心头像刀子割一样啊。

文小勇：啊！为什么我总是眼泪鼓瞪，因为我对这土地爱得难舍难分……

李嬢嬢：去去去，你还用椒盐普通话朗诵起来了吧。

文小勇：嘿嘿，抒发一哈、抒发一哈。

王书记：李嬢嬢，我理解。但时代不同了，单靠你们这些老年人再像过去那样面朝黄土背朝天地在土里刨食，不但养活不了一家人，连自己都难养活啊。

李嬢嬢：那你说，你究竟要把我这块土拿去做啥子？

王书记：你那块地地势低，适合养殖，我们想整合用来养小龙虾。

李嬢嬢：小龙虾？

文小勇：哎哟，我最喜欢吃小龙虾了，嘎，幺妹？

雷幺妹：口水都包不住。

【音乐5，数板3。王书记配音（ ）中的词

文小勇：拉起你的手（钳子），轻轻吻一口（香啊）；
掀起红盖头（去头），深深吸一口（品味）；
解开红肚兜（去壳），拉下红裤头（去尾）；
让你吃个够（入口），让你吃个够（没吃够）。

李嬢嬢：说些啥子哟，伤风败俗的。

雷幺妹：吃——龙虾。

王书记：等到龙虾丰收了呀，定期举办龙虾节，把我们培育、养殖、生产的盆栽蔬菜、小龙虾、绿壳鸡蛋、土鸭、苞谷

面面、红苕粉、丝瓜、南瓜加冬瓜，全部拿来展销。

文小勇：发抖音、发抖音。

雷幺妹：搞直播、搞直播。

王书记：把我们老虎坡村打造成川中第一个举办龙虾节的乡村。

李孃孃：哎呀，有这么好的事啊？早说嘛。那我把土地全部拿出来，养龙虾。

四　人：耶——

【音乐6，数板4。

四　人：一只龙虾八呀八条腿，两个钳子像呀像大锤。

文小勇：蒜蓉麻辣重呀重口味。

雷幺妹：营养丰富味呀味鲜美。

李孃孃：吸引八方游客来消费。

王书记：把小康的车头向前推。

四　人：向——前——推。

李孃孃：那，我也要加入建设小康的队伍！

王书记： 好，李孃孃，谢谢你，我决定请你做我们的监督员。

李孃孃： 监督员？

文小勇： 就是：（音乐 7，快板 6）

脱贫攻坚顶呱呱，建成小康全靠你我他。

四　人： 嘿，你我他。

雷幺妹： 城乡环境要美丽，必须治理脏乱差。

李孃孃： 哪个要是不遵守啊——（音乐 8，按照川剧念白念）

李孃孃嘁我就要骂他。（川剧帮腔唱）

王书记： 哈哈哈哈，好。我们是老虎坡村的新农民，就是要像老
　　　　　 虎一样。

三　人： 虎啸长鸣，虎虎生威。

王书记： 对，我们要发扬老一辈吃苦耐劳、艰苦创业的精神，吸
　　　　　 引八方来客，感受乡间乐土，相约老虎坡。

三　人： 对，相约老虎坡。

【造型，亮相。谢幕。

卓筒井——中国古代第五大发明、世界石油钻井之父

卓筒井——首批国家级非物质文化遗产

卓筒井——世界上仅存的古代小口径深钻盐井

卓筒小井

时　间：宋朝庆历年间

地　点：大英县卓筒井镇一带

人　物：卓　童，男，二十岁左右，博学多才，英俊洒脱，有志青年。

　　　　芷　苓，女，十七八岁，活泼美丽，勤劳善良，才女，命运多舛。

　　　　严大人，男，四十多岁，当地盐官，正直清廉。

　　　　大　山，男，二十岁左右，精通医术，有为青年，芷苓之兄。

　　　　秀　姑，女，十六七岁，乖巧伶俐，生软脚病，卓童之妹。

　　　　卓灶户，男，五十出头，精干倔强，卓童父，当地有名灶户（拥有生产食盐能力的人叫灶户）。

卓童母，女，四十八九岁，有主见的家庭妇女。

陈郎中，男，五十岁左右，当地名医，芷苓之父，慈祥
和善。

二　叔，男，四十多岁，卓童之二叔，憨厚质朴。

师　太，女，老尼姑，五十多岁，菩萨心肠。

店小二，男，二十多岁，幽默机灵。

巫　师，男，五十多岁。

甲、乙、丙、丁4人（或工匠、或乡民、或精灵等）。

群众演员8人左右。

序（井垮）

幕内唱：黄帝凿井源流长，传至李冰皆兴旺；

大口盐井遍山野，祖先智慧名远扬。

养生之肴当属盐，蜀中卤脉多蕴藏；

延绵一代又一代，当下井枯闹盐荒。

【古朴的舞台设置，上场口、下场口各一处打井场伙，舞台之间的
高台处有一口打井场伙。三五成群的黎民作打井状，有夯实地基
的，有抬着石头的，有挑着盐篓子的。

工匠甲：这口盐井是干窟窿。

众　人：（失望地）干窟窿？

工匠乙：这口盐井是漏井。

众　人：漏井？

工匠丙：井——垮——了——

众　人：井垮了——

【众人惊慌地奔跑着。严大人、卓灶户、陈郎中相继出场，安抚着乡民。卓童手拿竹篾，奔至最高处，审视着众乡亲。

【灯暗。落幕。

第一场　盐　荒

卓　童：（念）蜀中梓州众乡民，勤劳朴实善良心；

　　　　　生平敬尊天和地，天地未佑盐枯井！

　　　　（白）小生卓童，蜀国梓州人氏，祖上世代以开凿盐卤井为生，近年来盐井枯竭，食盐短缺。望着严大人关切的目光、父亲焦虑的模样、乡民们满怀的期待，真是愁煞人也！

【卓童看着手中的竹篾出神，店小二的吆喝声打断了卓童的沉思。下。

【舞台中场设置商店，店小二手拿招牌，招牌上写一个"盐"字。将招牌放在商店前。店小二吆喝：

店小二：（吆喝）盐巴少量，仅限一两，早来早买，卖完收场。

【乡民纷纷排队买盐巴。

众　人：我买盐巴，我买盐巴。

店小二：盐巴一两；又一个盐巴一两；又是盐巴一两……

乡民甲：狗日的，这年头，盐巴比肉还贵！

店小二：今日盐巴已卖完。

　　　　【乡民争先嚷着：我还没买到。我还没买到——

乡民乙：敢问店家，何时再有盐巴？

店小二：不晓得。有了就有了，没得就没得。

乡民丙：说个屁话。

乡民丁：我家可有半年多没盐巴吃了！

　　　　【乡民们无奈地离开。

芷　苓：（内喊）买——盐——巴——

芷　苓：（急忙忙奔上，唱）相传店铺售盐巴，乡民心里乐开花。

　　　　爹妈叫我快步走，一两盐巴胜金沙。

　　　　我过大街穿小巷，商铺一家挨一家。

　　　　疾步奔至这店下，只见得收了招牌。

　　　　没了盐巴。哎呀呀，这才是——

合　唱：没得盐巴百味差呀！

店小二：芷苓妹子，你来晚了，盐巴又莫得了。

芷　苓：哎呀，小二哥吔，你咋都不留点点嘛！

店小二：唧们留得住嘛，本来就莫得好多，一窝蜂就抢完了！

　　　　【芷苓快快地走着，卓童手拿竹箫上。店小二入内。

卓　童：芷苓妹。

芷　苓：卓童哥。

卓　童：又没买到盐巴？

芷　苓：卓童哥，你们家的盐井为啥不产盐了呀？

卓　童：大口径浅井历史太久，盐卤枯竭实属正常。

芷　苓：那怎么办呀？你们总得想个办法呀。

卓　童：想了，难啦！

师　太：（背包裹上）善哉善哉。

卓童、芷苓：师太娘，孩儿给您请安了。

师　太：善哉善哉！

卓　童：师太。（唱）师太为何把山下？

芷　苓：（唱）下山定是化盐巴。

师　太：姑娘真细心！

　　　　（唱）盐巴无有前来化，化与接济众生家。

卓　童：（唱）今日盐巴已售完，来日亲自送庙刹。

师　太：善哉善哉。

芷　苓：师太有些时日没下山来了，我挺想您呢！

师　太：贫尼也念着你们呢，天天在菩萨面前为你们诵经，保佑
　　　　你们平平安安呢！

卓　童：难得师太这般念着我们。

师　太：你们两家都是大善人家，好人好报，是应得的果。

　　　　【卓童、芷苓虔诚作揖。师太上下打量卓童，欢喜地夸奖道。

师　太：小哥儿比先前健壮多了！

卓　童：多谢师太娘。

　　　　【师太说着回头看芷苓。

师　太：姑娘也越发好看了。我可是看着你们长大的，你俩何时
　　　　成亲呀？

　　　　【芷苓不好意思地低下头，卓童也不好意思。

芷　苓：（娇羞地）师太。

师　太：你家的盐井咋样了？

卓　童：（叹息地）唉！很是不景气，连打几口井，不是漏井就是干窟窿，甚至还垮塌了。

师　太：（双手合十，口中念叨）善哉善哉！

卓　童：过些天出盐巴了，我亲自送庵里去。

芷　苓：（抢说）我也去。

【师太点头。三人同下。

【严大人、卓灶户、陈郎中边走边叙话上。

严大人：这食盐短缺问题是越来越严重了啊。

卓灶户：是啊，我们也在查找原委呢。

陈郎中：我们有好些时日没聚在一起了？

严大人：大概一个多月了。

陈郎中：主要是大人太忙了。

严大人：唉！是太忙了。眼下市面物资严重短缺，要想贩运回我们本地需求的物资，简直太艰难了！尤其是盐巴。前日里接到飞鸽传书，我们航运的一船货物过夔门时遇上风浪，全部葬于江底！

卓灶户：有盐巴吗？

严大人：主要是盐巴。我说卓灶户，你们这些灶户有那么多口盐井，怎么就不产盐了呢？

卓灶户：（感慨地）不瞒大人说，我们这些灶户的盐井大都面临要死不活的境况。盐水含盐量低，一大锅盐水，烧去一大堆柴火，煎出的食盐只有一小酒杯啊！

【卓灶户重重地叹息一声。陈郎中同情地看着卓灶户。

陈郎中： 要不，另找几匹山试试?

卓灶户： 方圆几百里我们都去找了，到处都是快要枯竭的盐井，实在没辙了!

陈郎中：（安慰地）不是还有两口井在产盐吗?天无绝人之路嘛。

卓灶户： 那两口井产的食盐连我们本地都没法满足了。再这样下去……

严大人： 再这样下去，就只有到沿海一带贩运海盐这一条路了。蜀道之艰难，大家也是知晓的，乡民的食盐，唉，愁死我了!

店小二： 大人、灶户、陈医生。

严大人： 小二，盐巴又卖完了?

店小二： 卖完了、卖完了。摆出来一哈哈儿就抢光了，陈郎中家的芷苓妹都没买到呢!

严大人： 唉，长此下去咋得了!

【严大人、陈郎中、店小二都焦虑地看着卓灶户。

【切光。

第二场 碰 撞

【家庭堂屋布置，有桌子、板凳等。堂屋正中墙壁上嵌着神龛，神龛上供有卓家祖宗牌位和盐神管仲的塑像。卓父与二叔上香祭拜。

卓灶户：唉！（唱）祖祖辈辈开盐井，卓家灶户好名声；

方圆百里都称谓，卓灶户煮盐惠乡民。

口口盐井产盐卤，白花花食盐煮秋春；

实指望，祖宗家业代代传，

没料想，井枯盐稀愁煞人。

二　叔：大哥，这盐井产盐越来越少了，咋办啦？

卓灶户：你问我，我问谁去？

【卓父坐在堂屋正中央桌子的上方喝闷酒，卓母在门外喂家禽。

【卓童向家里走来，卓童看见卓母，忙将竹箫藏在衣袖里。

卓　童：母亲。

【卓父将一杯酒一口喝下，粗俗的骂声。

卓灶户：妈的，真是见鬼了，接连打了三四口井，不是漏井就是干窟窿，甚至垮塌了，真是奇了怪了。

【卓童向着堂屋苦笑，继续向侧房走去。卓父粗声喊道。

卓灶户：卓童，给老子进来！

【卓童一愣神，求助的目光望着卓母。卓母小声地安慰道。

卓　母：进去吧。说话顺着你父亲，莫那么冲（顶撞的意思）。

原创四川曲剧·Yuanchuang Sichuan Ouju

121

卓　童：（走进堂屋）父亲，二叔。

卓灶户：你成天不到井上去，都干啥去了？

卓　童：我——

卓灶户：送你进学堂，指望你多学本事，好好将我家世代相传的
　　　　打井技术传承下去。你倒好，不是作诗就是吹箫。满山
　　　　乱跑，不务正业，你究竟要干啥？

卓　童：爸，（唱）我认为，要想扭转严重缺盐这现象，
　　　　进行革新是第一桩。
　　　　只有深刻改良凿井技术，
　　　　颠覆传统作业理应当。
　　　　开阔思路、拓展视野，
　　　　探索技艺、重新构想，
　　　　才能走出困境不彷徨。

卓灶户：胡说。（唱）小卓童你休得言语狂，
　　　　我卓家祖祖辈辈凿井作业都这样。
　　　　延续九九八十一代到如今，
　　　　卓灶户名声已远扬。
　　　　今日里，你改良拓展，
　　　　探索颠覆耍花样，
　　　　这都是，你照本宣科痴人做梦想，
　　　　是这样，叛道离经违古道，
　　　　是在得罪祖宗触犯神灵要遭祸殃！

卓　童：爸，不这样只有死路一条！

卓灶户：闭嘴。你、你敢破坏老祖宗的东西，是要遭天谴的呀！

卓　童：不是破坏，是创新。

卓灶户：我、我今天就要打灭你这个创新。

　　　　【卓父追着卓童，欲打卓童。二叔忙拦在中间保护卓童。

卓　童：（妥协地）爸、爸，你不认同就算了。从此我不再过问你们的事了。（做着轻松的样子）哎呀，我去追求我自己的生活，不参与你们的大事总要得了吧？

卓灶户：啥子是你自己的生活？我们卓家子孙，就是为打盐井而生的。从明天起，你娃必须跟老子上山去，由不得你再东游西荡。

【卓童倔强地将手一挥，大声说道。

卓　童：打死我也不去。你们那种笨拙、粗陋、落后的打井方法，我永远不得苟同。

【卓童激动地一挥手，藏在衣袖里的竹箦露了出来。
【卓父一把夺过卓童袖里的竹箦，高高举起，欲向外扔，嘴里恨恨地嚷道。

卓灶户：吹吹吹，我叫你吹——

【卓童赶紧跨上一步，紧紧拽住卓父举竹箦的手。

卓　童：（高声喊道）老卓，你敢扔坏我竹箦，我要你永远见不到我。

【卓童的话镇住了卓父，卓父举着竹箦的手定在了空中。
【卓母急急跑上。

卓　母：好好说话不行吗？你两爷子是前世的冤孽啊，见面就吵！

【卓母从卓父手里拿过竹箦。二叔无奈地将卓童往外拉，卓母将竹箦递给卓童，卓童拿过竹箦，生气地冲进自己的房间，二叔也默默离开。
【卓父气得发抖，转身跪在祖宗牌位面前，口中念道。

卓灶户：祖宗啊，盐神啊！我卓家没做昧良心的事呀，咋就养了个不孝子呢。我卓家世代相传的钻井技术只怕要败在他手上了——

【卓母安慰着卓父。秀姑从内一瘸一拐走出来。

秀　姑：妈，我脚又痛起来了。
卓　母：（焦急地）这又是咋的了？快坐下，妈给你揉揉。
卓灶户：（叹息）唉——

【卓父看了看秀姑，生气地离开。卓母将秀姑的脚放在自己腿上，帮秀姑按摩腿脚。

秀　姑：（痛苦地）好痛呀！
卓　母：（边按摩边唱）秀儿啊，你莫要把妈怪，怪妈把你生在这时代。怀你时，家里特艰难，好吃有味的，都要留给你爸他们当饭餐，他们是家里的顶梁柱，要上山去打井，去找盐，才换得来银两买米和柴！
秀　姑：（眼泪汪汪地望着卓母）妈，我没怪你。这不争气的腿咋老爱痛呀？
卓　母：（无奈地）唉，该吃的药都吃了，咋就医不好我女儿的脚痛病呢！

【灯暗，换场。

第三场　萌　动

【夜晚。卓童房间内，一张单人床，床下、床后堆满了大大小小的楠竹，卓童坐在旁边的凳子上用工具将手中快要成型的竹箫打磨着。卓童拿着手中的竹箫研究着，卓童吹响竹箫，悠扬的箫声在空中回荡。

卓　童：（唱）小小竹筒本无奇，雕琢打磨成大器。

　　　　指间流动奇葩声，空灵天籁玉珠滴。

　　　　激昂咏叹音不断，旋律驰骋无缰拘。

　　　　恰似鲲鹏展双翅，遨游长空飞天际。

　　　　飞天际，心旷怡，何处是我卓童施展的天与地。

　　　　闹盐荒，鬼神泣，古老作业无生机。

　　　　无生机，无生机，意惶惶中独自觅。

　　　　冥冥之中意念里，盐卤滚滚涌不息！

【卓童进入梦乡。睡梦中，卓童与精灵相遇，精灵引领着卓童在崇山峻岭中穿梭，山川里到处是流淌的山泉，卓童一一品尝。卓童兴奋喊道：盐卤水，好多的盐卤水啊！

【精灵授予卓童凿井取盐技艺。山间，顿钻刃冲击地面的声音有节奏地响起："咚、咚、咚、咚——"

【卓童从梦中醒来，口中还喃喃自语。

卓　童：好多的盐卤水呀！秀姑、秀姑。

秀　姑：（上）哥，啥事？

卓　童：你去告诉大山哥和芷苓姐，就说（忙看看周围有无人，小声地），就说我在后山等他们。

秀　姑：我也去。

卓　童：你不去。

秀　姑：不让我去，我就不给你传话。

卓　童：好好好，去去去。（秀姑高兴地跑着，下意识放慢脚步，揉了揉脚。卓童关心地）慢点。

【转场。卓童领着大山、芷苓、秀姑在漫山遍野穿梭，寻找盐卤山脉。

幕内唱：涪江郪水潺潺淌，山川奇秀迎曙光。

土肥地沃润万物，蜀中山丘灵气望。

风流名士辈辈出，有志儿女高志向。

卓　童：（唱）冲破禁锢寻盐卤。

大　山：（唱）初生牛犊破天荒。

【山坡上，卓童、大山支起一架简易的支架，支架上支着一根木棍，木棍的一端悬着两条藤绳，另一端绑着一根木棒，木棒下面嵌着刃（钻地的铁具）。大山双手拉起藤绳，一拉一松，另一端的刃插入土里，卓童用铁瓢掏出洞里的泥土，又继续顿钻。

【芷苓、秀姑将挖出的泥土运至旁边。

卓　童：（唱）小小支架林中藏，开启萌动探愿望。

大　山：（唱）冲破禁锢凿盐卤，敢想敢干好儿郎。

芷　苓：（唱）小井承载千年梦，卓童哥开拓新奇想。

秀　姑：（唱）但愿奇想顺心愿，丰足盐卤从天降！

大　山：卓童，井口成型了哒。

芷　苓：卓童哥，只有碗口大耶。

秀　姑：哥，这么小的井口，能找到盐卤水吗？

卓　童：能，一定能。

大　山：卓童，你这样做会不会又遭你父亲鞭整呀？

秀　姑：哥，我害怕。

卓　童：所以我们不能告诉任何人。

芷　苓：卓童哥，你又没做坏事，只是在寻找一个不同的打井办
　　　　法而已，我支持你。

卓　童：（感激地）芷苓。

　　　　【四人聚精会神劳作着。

　　　　【巫师领着一随从上，听见有响动，停住脚步。

巫　师：什么声音？

随　从：啊？没听到呀。

巫　师：你耳朵扇蚊子去了，当然听不到。

随　从：好、好像是挖地的声音。

巫　师：去看看。

随　从：好像是卓童。

巫　师：卓童？他会在这偏僻的山后头做啥子？

随　从：（踮起脚尖）好像在挖啥子。

巫　师：这娃儿，听说近日里总跟他老子对着干，还发些奇思怪
　　　　论。莫不是他的奇思怪论惹怒了祖先得罪了盐神，故而
　　　　造成他家连打几口井，不是漏井就是干窟窿，从而引发
　　　　垮塌？

随　从：太惊悚了吧？

巫　师：（武断地）十有八九。不要打草惊蛇，走。（二人鬼鬼祟
　　　　祟下）

卓　童：天色已亮，我们赶快把这些行头藏匿起来，以防被
　　　　人发现。

原创四川曲剧 · Yuanchuang Sichuan Ouju

众　人：好。

卓　童：我们分头走吧，大山你……

大　山：我和芷苓要与父亲去前山上采药，打死都没人晓得我俩
　　　　会和你早早上山干这勾当。

卓　童：你能不能换个词？

芷　苓：他向来狗嘴里吐不出象牙的。

秀　姑：大山哥就是有趣。

大　山：还是秀姑理解我。

卓　童：我送秀姑先回家，一会儿去找你们。

　　　　【四人分头离开。
　　　　【陈郎中、大山、芷苓在山间采撷草药。大山对着山峦吼道。

大　山：哦吙——

芷　苓：哦吙——

陈郎中：（唱）清早起来上山坡，神清气爽多快乐。

大　山：（唱）兄妹紧跟父身后，一步一躬挖草药。

芷　苓：（唱）手把锄头密密寻，草药杂草分醒豁。

陈郎中：（唱）蒲公英，半枝莲，柴胡半夏与独活。

芷　苓：（唱）石菖蒲，何首乌，三七黄连和山药。

大　山：（唱）草药堆积山样高，病人还是起坨坨。唉！

　　　　【陈郎中慈祥地看着一双儿女，心中充满希望。

芷　苓：就是呀。爸，我们采集这么多的草药，为啥病人越来越
　　　　多呀？

　　　　【陈郎中望着前方，若有所思地回答。

陈郎中：是啊。有些病不是药物能医治的！

芷　苓：药物都不能医治疾病，还有啥才能医呢？

大　山：我和爸都还晓不得，你就不要咸吃萝卜淡操心啰！

【舞台后传来竹箫声，卓童沿着高台口吹竹箫上。箫声在山间飘荡。

芷　苓：（问大山）哥，你听，卓童哥的箫声越来越好听了。

【大山给了芷苓个鬼脸，芷苓回敬大山一个怪相。陈郎中望了望竹箫声方向。

陈郎中：这孩子。他父亲和叔叔忙得不可开交，他应该去帮忙才是。

大　山：（忙回答）哪敢呀。就他提出一个凿井革新，被他老爹追着打骂了好一阵。近半年他家打井又很不顺，传言说他的想法是妖法，会得罪祖宗，触犯井神。连工匠们都怨他呢！

芷　苓：（同情地）卓童哥好可怜哦！

陈郎中：你们这些孩子啊，祖上创下基业多不容易啊，不好好去继承，读了几天书就发些奇思异想，咋不叫人担心呀！

【这时，山间的布谷鸟在树梢上鸣叫：咕咕咕咕——

【芷苓望着布谷鸟叫的树梢，学着布谷鸟的叫声，唱民谣。

芷　苓：（唱）豌豆苞谷，你在哪儿坐？

我在那边坐。

你有几个儿？

将将（刚刚）三个。

【卓童的声音喊道。

卓　童：大山，是你们吗？

大　山：是呀，快过来吧。

【卓童来到大山他们挖药处。卓童礼貌地叫着陈郎中。

卓　童：陈伯伯，听到芷苓在学布谷鸟，就知道你们又上山采药来了。

【卓童帮着拾起地上的草药。

芷　苓：卓童哥，你的箫声真好听。

卓　童：是吗？你的歌声也不赖呀。来，我吹一曲你唱一段？

芷　苓：唱啥呀？

卓　童：（想一会儿）嗯，你刚才不是学布谷鸟吗？就唱布谷鸟。

芷　苓：咋唱呢。没词呀？

卓　童：（启发式地）你想、你想想，布谷鸟是咋样的？

【芷苓思索着，试着边想边念。

芷　苓：（念）布谷鸟儿咕咕叫，飞出山里往南飘。这边绕来那边绕，鼓起眼睛到处瞧。

【陈郎中和大山停下手中活，欣赏地看着芷苓。

卓　童：（连忙赞同地）对对对，就这个、就这个，我给你配上音乐。

【卓童吹着箫，芷苓清脆而甜美的嗓音唱四川清音《布谷鸟儿咕咕叫》。

芷　苓：（唱）布谷鸟儿咕咕叫，飞出山里往南飘。
　　　　这边绕来那边绕，鼓起眼睛到处瞧……

【歌声、箫声飘到了卓父打井的半山腰。卓父做着手中的活儿貌似没有听见歌声、箫声。二叔谨慎地看着卓父。工匠们听到歌声、箫声，有的停下手中活儿，议论着。

工匠甲：是卓童在吹箫吧？吹得真好！

工匠乙：还有歌声，是谁在唱呀？

工匠丙：肯定是陈郎中家的芷苓呗，那女娃子可能干了，琴棋书
　　　　画样样行，唱歌可好听啦！

工匠丁：（陶醉而神往地）哇，多美啊！

　　　　【卓父恨恨地甩袖而去。工匠们知趣地劳动着。

　　　　【芷苓用手当扇扇着，嘴里嚷道。

芷　苓：哎呀哎呀，渴死我了。

　　　　【陈郎中手上正拿着一把茅草根，递给芷苓说。

陈郎中：这茅草根里有水浆，咀嚼些就不口渴了。

芷　苓：（倔强地）不嘛，你每次都叫我们嚼茅草根，难吃死了。我
　　　　自己去找水喝。

　　　　【大山左右看了看，向旁边走去。

大　山：（玩笑地）小心哟，看遭野狗咬倒哟。

芷　苓：（边走边回答）我才不怕呢。（欢快地下）

芷　苓：（在内扯着嗓子喊）爹、哥，哥、爹——

三　人：（同时问）咋啦？

大　山：真遇到野狗了？

　　　　【芷苓惊喜地跑上。

芷　苓：有水，有泉水。

卓　童：（不以为然地）唉！

　　　　【陈郎中、卓童放心了下来。

大　山：（责怪地）惊风火扯的。

原创四川曲剧·Yuanchuang Sichuan Ouju

芷　苓：是、是咸的。

【众人惊喜地睁大眼睛，陈郎中对卓童说。

陈郎中：快、快去告诉你父亲。

【灯暗，换场。

第四场　惊　变

【丘陵山间布景。卓父带领着二叔及多个工匠在舞台左边内侧表演区似半山腰做打井作业。

【铁锥打石的敲打声、搬运石头的"哼哈"声、夯实地基的号子声此起彼伏。

合　唱：（石工号子）早晨嘛起来哟，嗨哟——

　　　　上山坡哟，嗨吔哟。

　　　　抬起那个石头嘛。

　　　　嗨呀一个哟嘞，嗨呀哟嘞……

【山坡上聚集着许多人，有勘查盐泉的，有看闹热的，儿童唱着童谣。

童　谣：（唱）钻两口井，一个起灶，一个晒盐；

　　　　盖一间屋，讨一个老婆，生一地娃娃。

　　　　讨一个老婆，生一地娃娃。哈哈哈哈哈哈——

【严大人、卓灶户、陈郎中、二叔、工匠甲乙丙丁围着盐泉观看。

严大人：老卓，你观察了，觉得如何？

卓灶户：（边看边回答）从这股盐泉流过的岩石表层来看，下面一定有一大股盐泉。只是打井的难度有点大！

严大人：难度再大我都支持你。

卓灶户：谢谢大人。

陈郎中：老卓，这下可好了。

卓灶户：（双手合十向着天空）谢天谢地——

> 【严大人、卓灶户、陈郎中、二叔、工匠围着盐泉祭拜，点上香蜡。巫师手提公鸡口中念念有词。
>
> 【巫师将公鸡的鸡冠掐一条口，鲜红的鸡血滴了出来，巫师将鸡血滴在案桌上一长排的酒碗里。
>
> 【严大人领头，众人端起酒碗。
>
> 【卓灶户用指头蘸一点酒弹出去，与左右端着酒碗的人对视一下，将鸡血酒一饮而尽。
>
> 【卓童走过来，将卓父拉到一边，比画着对卓父说着什么，卓父听了，怒责卓童。

卓灶户： 你的想法可能吗？可行吗？我们祖祖辈辈都是打的这种大口井，一千多年了。将井口缩小到碗口大，还向深处钻，怎么隔离淡水？怎么下条石固定井口？嘴上无毛，办事不牢。你娃还嫩得很！

> 【卓童被迫离开。
>
> 【蓬莱大乐队、花锣鼓队各自为政敲打表演着，有"你方唱罢我登场"的架势。
>
> 【筒匠们挑着盐篓子来来往往、络绎不绝。
>
> 【严大人、卓灶户、陈郎中走在盐井边，边走边说话。

严大人：（欣慰地）这下好了，有了这口盐井，暂时不用为盐巴短缺发愁了！

卓灶户：（附和着）那是那是。

严大人： 这笔功劳应该记在芷苓姑娘头上，是她发现了这股盐泉。

陈郎中：（谦让地）小孩子家，哪能受这么大的功劳。

卓灶户： 等忙过这阵子，择个吉日把卓童和芷苓的婚事办了，把我家那臭小子的野心收收。

严大人：好哇，这杯喜酒我早就等着喝了！

陈郎中：好、好。

【三人同笑。

【严大人望了望盐井的上方，对卓灶户说。

严大人：灶户啊，靠盐井的上方怕要加固才行呀！岩壁离盐井太
近，就怕遇到下暴雨。

卓灶户：就是就是，我也考虑到这个问题。过几天我就到对门山
上的石场里购条石来加固。

【一个泥塑匠领着一群人抬着一尊盐神塑像上。

泥塑匠：灶户，我把盐神像塑在这里，保佑着呢，绝对没得问题。

【卓父脸上露出了久违的笑容。灯暗。

【转场。卓童家里，卓父坐在逍遥椅上休息、抽烟。卓母在旁
边收拾家务。

卓灶户：（对卓母）你抽空把王妈找来，择个吉日让那臭小子
完婚吧。

卓　母：（感慨地）孩子大了，是该成亲了。你终于腾出心思来关
心娃娃的亲事了？

【卓童手拿竹箫上，正欲进门，听见父母说话，忙止步。

卓灶户：让他早点成亲，就是要收收他的心。

卓　母：行，明天就叫王妈去陈郎中家说合说合。

卓灶户：（生气地）只怕委屈了芷苓，他小子哪配呀，成天不
务正业。

卓　母：（吸一口气，反问）呃，我说你，有亲爹这样损自家儿子
的吗？

【卓父无语，吧嗒吧嗒抽着烟。

卓　母：秀姑也该说得婆家了。只是她这个脚痛病——

卓灶户：（叹了口气）去杀两只鸡炖上，让那孩子多吃些。秀姑这
　　　　孩子生下来就体弱。

卓　母：哟哟哟，倔老头，我一直认为你都是吃扁条厕杠子哒，咋
　　　　还是晓得关心人哈？

卓灶户：（微笑着）去。我到井上去了。

卓　母：嗯，早点回来。

【卓灶户从右场口下，卓母目送卓父离开，去至内屋。卓童见
父母离开，心花怒放。

卓　童：哈哈，芷苓妹呀。

　　　　（唱）适才间忽听得父母把话讲，

　　　　卓童我与芷苓就要配成双；

　　　　天作合好姻缘心花怒放，

　　　　从此后添双翼比翼飞翔。

　　　　芷苓啊，你貌若羞花才学广，

　　　　是我心中一缕灿烂阳光。

　　　　你机敏活泼多娇美，

　　　　心地善良吐芬芳。

　　　　你明媚双眸闪闪亮，

　　　　胸怀宽广热心肠。

　　　　想着你，我心情甚舒畅，

　　　　见到你，我变得更坚强。

　　　　你和我，开凿小井齐努力，

　　　　我和你，狂风袭来迎难上。

　　　　我凿井，你搬泥，

我吹箫，你合唱。

生生死死在一起，

共筑同心奔前方！

【卓童兴高采烈地在这里收拾绳子、铁锹、竹筒等物品，正准
备上山。秀姑内惊呼。

秀　姑：哥——

【秀姑奔跑两步，摔倒在地，爬行前进。卓童甩下手中物品，上
前扶起秀姑。

卓　童：秀姑，怎么啦？

秀　姑：（哭喊着）芷苓姐、芷苓姐病了。

卓　童：啊？慢慢说，怎么回事？

秀　姑：说是头发全变白了。她把自己关在家里谁也不见。巫师
　　　　说，她，她她她犯了七重煞，被妖魔附身，会给我们带
　　　　来灭顶之灾啊。

卓　童：（惊呼）不——芷苓——

【秀姑痛苦离开。卓童奔跑圆场，作攀爬滚打动作。至芷苓家
门前。卓童拍打房门。

卓　童：芷苓，我是卓童，我来接你来了。你开开门，不管你怎
　　　　么样了，我都会和你在一起。

芷　苓：（幕内声音）卓童哥，你走吧。去干你自己的事，芷苓要
　　　　辜负你了。

卓　童：不——没有你，我还能干什么？！

芷　苓：不——你有理想，有抱负，你应该去实现。否则，我这
　　　　辈子真的不会再见你了。你走吧，走吧——

【芷苓恸哭的声音。

巫师声音： 将芷苓妖女逐出家门——

【芷苓漫无目的地奔跑着，表现一系列的舞台技巧。

众人声音： 驱逐妖女，驱逐妖女——

【芷苓身着尼姑装束，怀抱古琴，从高台上行走至远方。

【一声寺庙钟声响起。

【卓童在舞台上追逐芷苓，眼看着芷苓消失在天际。卓童悲痛万
分。

【巫师领着一帮人冲到卓童所开凿的小井旁。

巫　师： 将这怪物立即捣毁。

卓　童： 不，不能啊！

【眼看着辛苦开凿的小井被捣毁，卓童无能为力。

【突然，电闪雷鸣，狂风暴雨。

【内幕惊呼声音。

工匠甲： 不好了，盐井塌方了。

【二叔惊恐的声音。

二　叔： 大哥——

【工匠们的声音。

众　人： 卓灶户——

【秀姑匍匐着从舞台右边内爬出。卓母惊恐地从舞台左边内
跑出。

秀　姑： 爹——

卓　母：（惊呼）老卓——

【卓童站在舞台中间，被这突然的变故弄得呆若木鸡。悲壮的

音乐声中，卓童漫无目的地行走着。

内　唱：卓家世代开盐井，相守家业情深深。

　　　　卓灶户啊卓灶户，鞠躬尽瘁失踪影。

　　　　【卓童声嘶力竭呼喊。

卓　童：父——亲——

　　　　【落幕。

第五场　思　念

【舞台前区。卓童身背行囊出走。大山从后面追上来。

大　山：卓童，你是兔子变的呀，一溜烟就不见影儿了。

卓　童：大山，你来干什么？

大　山：你就是再想不开，也得允许我跟你做最后告别吧。

卓　童：你想多了。

大　山：那你这是要去哪儿高就呀？

卓　童：（悲伤地）芷苓走了，父亲失踪了，小井被捣毁了，这个
　　　　　地方再也待不下去了！

大　山：你准备怎么做？

卓　童：（摇摇头）不知道。

大　山：你不会让你家世代相传的打井作业就此断送吧？

卓　童：（苦笑着，失望地）又能怎样呢？他们那个打井技术已经
　　　　　走到了尽头。按我的想法行事，不单是被赶出家门，只
　　　　　怕是要被逐出族门了！

大　山：（诚恳地强调）卓童，你走不得。

【卓童茫然而不解地看着大山。大山望着前方，述说道。

大　山：我有个想法，萌芽很久很久了，但是我不敢说。

卓　童：（疑惑地）啥？

大　山：（看看卓童，胆怯地）我怕说出来也要遭到和你一样
　　　　　的处境。

卓　童：（鼓励地）这里只有你我与天地知道。

大　山：（强调）你保证，一定要相信我。（卓童点头）骗人是小
　　　　　狗。

卓　童：你不说我就走了。（欲走）

大　山：呃——我说我说。其实我们这里好多人生的病都是因为
　　　　缺盐，是盐巴的匮乏诱发了许多难以治愈的疾病——

【卓童惊疑地瞪大了双眼。

卓　童：啊？

大　山：无故脚痛、少年白发都是因为缺少食盐造成的。

卓　童：（惊呼）不会吧？目前虽然食盐短缺，总还是有呀，咋就
　　　　会因为缺盐而生病呢？

大　山：（反问）有？有多少？每家人一两？还要有官府的批
　　　　文。这叫有盐吗？我的哥喂，要市面上自由买卖，想买
　　　　多少就能买到多少，那才叫作不缺了。

卓　童：那不可能，这种情况从来没有出现过。

大　山：所以就叫匮乏嘛，而且是严重的匮乏！

【卓童沉思着，过一会儿，他迫切地问大山。

卓　童：说说，说出你的道理来。

【大山这时大胆起来，他侃侃而谈。

大　山：秀姑无故脚痛，我悄悄给她送去咸菜，叫她就着饭
　　　　吃，脚痛就发作得少了；还有一些与秀姑类似的病
　　　　人，我也在他们的中药里加些咸菜，他们的病情也得到
　　　　缓解。

卓　童：是这样啊？！

大　山：（有些沉痛地）再说我们家芷苓，为了让我们吃有盐味
　　　　的，她几乎只吃素饭和瓜果花卉！

【提起芷苓，卓童痛彻心扉。他忧伤地追问大山。

卓　童：大山，求求你，告诉我，我的芷苓在哪里？

大　山：我不知道呀，她什么时候走的我都不晓得！卓童，忘了她吧。

卓　童：怎么忘？忘得掉吗？我们一起过家家，一起玩泥巴，一起琴瑟和鸣，一起慢慢长大；我的所思所想，她都明白，她是最支持理解我的人啊！

大　山：可是，今非昔比，芷苓，不再是过去的芷苓了。

卓　童：（抢着说）不，她永远是我心中活泼可爱的芷苓。哪怕踏遍万水千山，我也要找到她，不管她变成啥样子，我都要和她在一起！

大　山：卓童，谢谢你。

卓　童：（接着说）大山，这次家中突遭不幸，我家秀姑的脚完全不能行走了！我走后，望你时常去看看我娘和秀姑，卓童就此拜托了。

【卓童与大山惜别。转中场。卓童身背行囊与母亲告别。

卓　童：母亲，你好好照看秀姑，多多开导她。有啥事去找大山，大山说了，他会经常过来看你们的。

【卓母点着头，抹着泪。卓童背对着母亲。

卓　童：母亲，儿不开凿出小口深井，誓不罢休。

【卓母眼里噙着泪水，坚定地点点头。

卓　母：儿子，娘相信你。

【卓童大踏步走去。卓母望着卓童的背影，带着哭腔喊道。

卓　母：卓童，娘等你回来——

【空场。卓童身背行囊走在山间。严大人上。

严大人：卓童。

卓　童：严大人，卓童见过大人。

严大人：你要到哪里去？

卓　童：我、我……

严大人：卓童，你家里突遭变故，你父亲至今下落不明，你是家里的男儿汉，你一定要挺住啊。

卓　童：没什么。

严大人：我晓得你受了莫大的委屈，有些民风民俗只要不过分，我们官府也是不好干预的。我晓得你有远大的抱负，要想闯出一条新路实属不易。但只要你是做对民众有好处的事，我支持你。

卓　童：多谢大人。

严大人：去吧，找到卤脉后传个信给我，需要人手说一声。

卓　童：（卓童感激地点点头）在此别过大人。

【卓童与严大人作别。垭口处，二叔背着行囊站在山垭口等着卓童。卓童爬上山垭口时，二叔慈爱地看着卓童。卓童也看着二叔微笑着。山间，叔侄俩一前一后走着。

【音乐声伴着卓童和二叔在山间穿行。

二　叔：（唱）叔侄二人山间行，一前一后静无声。

卓　童：（唱）胸中皆有宏大志，此时无声胜有声。

二　叔：（唱）卓童啊，向前走，勇敢行，二叔知你一片心。

合　唱：（唱）远离世俗凿小井，任你驰骋叔帮衬。

二　叔：（白）卓童，天色已晚，就在这儿休息一夜，明日一早再走吧。

卓　童：好，（伸个懒腰）好困啊！

【野外的夜晚，凉风习习，繁星点点。卓童进入梦乡。

【梦境里，卓童和芷苓在开满野花的山上采集鲜花。

【芷苓举着手中鲜花，戴有玉镯的手臂向卓童挥舞，镯子在阳光下闪烁，手镯上的金光反射到卓童脸上。

【二人嬉笑追逐，卓童抓住芷苓戴有镯子的手，喊道。

卓　童：芷苓，我抓住你了，我抓住你了。

【芷苓笑而不答。

卓　童：（滔滔地述说）芷苓，我现在啥都没有了。父亲失踪了，秀姑的脚不能走路了，我们的小井被巫师捣毁了，还说是我害了父亲。芷苓，你去给他们说说，我没有害父亲，我开凿小井也是为了寻找盐卤水，是为了我们的乡民呀！

【芷苓笑而不答，将一篮手镯递给卓童。

卓　童：你为什么不说话？我不要手镯，只要你的理解。

【芷苓仍然将手镯递给卓童，转身离去。

卓　童：（呼喊）芷苓、芷苓。

二　叔：卓童、卓童。

卓　童：二叔，芷苓呢？

二　叔：你又做梦了。

卓　童：芷苓，你在哪里？

【灯暗。转场。

【舞台左边。尼姑打扮的芷苓用木桶盛满山泉。芷苓背着泉水走在通往静思庵的路上。

【舞台右边。二叔挑着水桶去山泉处挑水。卓童去山泉处挑水。

【卓童与芷苓交替出现在同一处取水，却始终不曾见面。

【舞台后区。半山腰，卓童开凿小井作业。卓童比画着，思考着，丈量着，顿钻着。他艰难地探寻着开凿小口深井技术。始终未能成功。

【二叔为卓童端来饭菜。卓童狼吞虎咽地吃着。二叔望着卓童说。

二　叔：你去静思庵拜拜菩萨吧，兴许能攒点灵气。

【转场。静思庵布景。卓童在师太引领下参拜菩萨。

师　太：我儿有些时日没来进香了。

卓　童：（叹息）唉！还是上次送盐巴来过，现在……

【卓童不想再提及伤心事。

师　太：（劝道）凡事都是天注定，我儿不必哀伤！

【卓童转身观看庵内，师太便跟随卓童身后。

师　太：前年是你派工匠来静思庵，将庵内庵外进行了大维
　　　　修，可算积了大德了！

卓　童：（边走边看边问）还漏雨吗？

师　太：不漏了，各禅房的门窗都修好了。

【就在这时，一曲悠扬的古琴曲从禅房内传来。
【卓童为之一震，惊问。

卓　童：哪来的古琴声？

师　太：前不久老尼收了名徒儿，法名妙语。

【卓童抬脚就要循声而去，嘴里说着。

卓　童：我去见见。

师　太：（忙拦住）我儿不可，妙语才来不久，她怕见生人。天
　　　　色不早了，我儿快下山去吧。

【卓童很不情愿地随着师太向庵外走去。

【师太用手势催促卓童离开，然后关上庵门。

【卓童在门外不甘心地叫了声。

卓　童：师太——

【卓童只得离开静思庵，慢慢向山下走去。

【古琴曲在卓童耳边萦绕，仿佛还伴有吟唱。

【卓童索性回转身去，绕过庵门，来到琴声传出的禅房外，只听得琴声伴着歌声。

芷　苓：（四川清音《尼姑下山》，部分唱词有改动）

（唱）小小尼姑年方二八，

独坐禅房伴着孤灯口念经法。

怨声爹来怨声妈，

怨爹妈不该戏听巫师的话。

他算奴命中犯了七重煞，

白了眉毛雪染青丝发。

还要祸害乡邻殃及家，

因此才将儿送出了家……

【卓童搬来一块石头垫在脚下，透过薄薄的窗纱看见窗内，一盏青灯静静地燃烧着，古琴摆放在墙角边。

【芷苓侧对着窗户，熟练地拨动着琴弦。她一头雪白的长发瀑布似的披散在肩上，长到腰际。

【泪流满面的卓童呆呆地望着窗内，哀怨的诉说声让他难以释怀。卓童情不自禁地喊道。

卓　童：芷苓，你让我找得好苦啊！

【芷苓的琴声戛然而止，禅房的灯立即熄灭。芷苓极其伤心地拉上了窗帘。

卓　童：芷苓，芷苓，我晓得是你，一定是你。我是卓童，你为
　　　　什么不理我？为什么躲着我？为什么？？？

　　　　【禅房内终究没有回应，芷苓蜷曲在屋角无声哭泣。
　　　　【师太来到卓童旁边，很不忍心地说道。

师　太：我儿请回，庵里没有你要找的人。

　　　　【卓童跪伏在师太面前，哀求道。

卓　童：师太娘，您向来是疼爱孩儿的，她就是我的芷苓，恳求
　　　　您容我见见她吧。

师　太：庵里只有小尼姑妙语，没有你要找的人。你走吧！

卓　童：不是的，师太娘，她就是我的芷苓。

师　太：（叹息地）唉！有缘千里来相会，无缘对面不相识。她
　　　　尘缘已绝，请叫她妙语师父。

卓　童：不——芷苓，你出来呀，我是卓童，你的卓童哥呀，你
　　　　不能丢了我呀，芷苓——

　　　　【二叔赶了过来，他摇着卓童的肩头喊道。

二　叔：卓童，卓童。你清醒清醒，看看你现在这个样子，如果
　　　　我是芷苓，也不会见你的。

　　　　【二叔的话点醒了卓童，他慢慢冷静下来，站起身，整理好衣
　　　　衫，向山下走去。
　　　　【卓童回过头，坚定地看着紧闭的庵门。

卓童心声：芷苓妹，你要好好的。我卓童不开凿出小口深井，不
　　　　　凿出丰富的盐卤水，让乡民们有丰富的食盐，我誓不
　　　　　罢休。我不会再来打扰你。

【卓童深深地对着寺庙拜了三拜，坚定地离开了。

芷苓心声： 卓童哥，你要好好的。芷苓虽然不能在你身边帮你开凿小口深井，但我会踏遍这方山山水水，寻找盐泉，让乡民们有丰富的食盐，我会天天祈祷你早日凿井成功。

【卓童凿井的顿钻声经久不息。

【卓童将楠竹植入地下，可总是隔绝不了渗入的淡水。

【卓童苦苦思索着。芷苓的声音响起。

芷苓声音： 卓童哥，送你一篮镯子，你一定用得上的……

【卓童猛然醒悟，眼睛一亮。他立即着手用竹篾编织出一个个像镯子一样的竹圈。

【卓童将编好的竹圈套在楠竹上，再植入小井里。紧密的楠竹隔绝了淡水的渗入。

【卓童更加卖力地向地下深处顿钻。

【二叔用长长的勺子伸入小井掏出捣碎的泥土。

卓　童： 二叔，油灰、油灰。

二　叔：（疑惑地）要油灰干啥？

卓　童： 将油灰涂抹在楠竹上，既能隔绝淡水，又能让竹筒更加坚固。

【二叔非常认可卓童的想法。

二　叔：（欣慰地）卓童，你父亲要是看到你做的这一切，一定会高兴的！

【舞台中区。芷苓背着山泉吃力地行走。卓童在芷苓身后不远处看着芷苓。

【芷苓脚下一个踉跄，就要摔倒。卓童一个箭步跑上，扶住了芷苓，芷苓感激地瞟了卓童一眼，立即镇定下来，背着山泉继续行走。

卓　童：芷苓。

【卓童意识到叫芷苓的俗名不妥，便改口叫道。

卓　童：妙语师父。

【芷苓愣了一下，没理会，继续向前走。
【卓童紧追几步，绕到芷苓面前。

卓　童：我送送你吧。

芷　苓：（正色地）施主，善哉善哉，不用。

卓　童：（望了望漫长的山路，意味深长地）山路很长，你一个人走会害怕的。

芷　苓：（幽幽言道）出家人，何言害怕！

【卓童意识到此时自己说什么都没有意义，更不想勾起彼此的伤心。他立即转移话题。

卓　童：嗨，我也是恋着这满山遍野的春色，不想在这儿巧遇你。（试探地）我们，不妨一道走走？也不辜负这路边的花儿草儿、林中的树儿鸟儿。

【卓童能积极面对挫折并如此通达与乐观，这让芷苓欣慰，她眼角露出一丝不易察觉的愉悦。
【音乐声中。卓童替芷苓背着山泉，倒退着在前面走。
【芷苓与卓童面对面向前走。卓童在说着什么，打着手势比画着。
【芷苓赞同地频频点头。

卓童声音：（念）去去行人远，尘随马不穷。

旅情斜日后，春色早烟中。

　　　　　流水穿空馆，闲花发故宫。

　　　　　旧乡千里思，池上绿杨风。

　　　　　（【唐】贾岛《春行》）

芷苓声音：（念）数里闻寒水，山家少四邻。

　　　　　怪禽啼旷野，落日恐行人。

　　　　　初月未终夕，边烽不过秦。

　　　　　萧条桑柘外，烟火渐相亲。

　　　　　（【唐】贾岛《暮过山村》）

【卓童引领芷苓在花丛中奔跑着、欢笑着，恍惚又回到从前。

【芷苓转回到现实，收起欢笑，转身黯然离去。

【转场。黑夜。皎洁的月光像绒纱般铺洒在静思庵坐落的山坡上，洁白而又朦胧。师太在禅房内敲击木鱼诵经，敲击声细小而清脆。

【芷苓悄悄溜出庵门，来到庵外空旷的山坡上。皎洁的月光铺洒地面，给万物披上了银纱。银白的月光照着芷苓，构成一幅静而美妙的画卷！

【芷苓对着月光，压抑许久的心情舒展开来。她慢慢舞动着身姿，仰着头，双手托举向上。

【芷苓翩翩起舞，雪白的长发跳动着，构成一幅飘逸的画卷！

【芷苓一边舞动着，与卓童轮唱。

芷　苓：（唱）山间夜寂静，独我与孤影。

卓　童：（唱）玉兔洒银色，苍穹明如镜。

芷　苓：（唱）抒愁对月问，月难解我心。

卓　童：（唱）与诗结为伴，琴音寄心声。

芷　苓：（唱）凡尘欢乐多，绝决妙语情。

卓　童：（唱）昔日欢乐多，如今凄清清。

芷　苓：（唱）少小白发舞，唯有独自怜。

卓　童：（唱）为我凿小井。

芷　苓：（唱）为你凿小井。

卓　童：（唱）寻盐惠乡民。

芷　苓：（唱）寻盐惠乡民。

卓　童：（唱）为我芷苓妹。

芷　苓：（唱）为我卓童哥。

卓　童：（唱）早日返红尘。

芷　苓：（唱）成功开小井。

二　人：（唱）我心何处诉。

芷　苓：（唱）唯与鸟虫鸣！

卓　童：（唱）明月可作证！

【芷苓仿佛听到卓童的吟唱声，卓童的吟唱声与芷苓的吟诗声交替出现——

【卓童仿佛听到芷苓的吟唱声，芷苓的吟唱声与卓童的吟唱声隔着时空同台出现。

【灯暗。

第六场 涅 槃

【舞台前区，一大堆乡民围在一起议论纷纷。

乡民甲： 不得了啦，山上出妖怪了。

乡民乙： 就是，昨天晚上半夜前坎（时候），我起来小便，亲眼望见山那边一个全身雪白的妖怪在山上跳舞啦！吓得我尿都屙不出来。

乡民丙： 老卓灶户肯定就是被妖怪害了的。

乡民丁： 这咋得了？还不快请巫师来灭妖啊！

【大山路过，听到乡民们的对话声快步离开。

师太声音： 善哉善哉，此处不能留你了，快去灵隐寺避避吧！

【舞台中区。设祭台。众乡民围在祭台边。巫师双手高高举起。

巫 师： 天灵灵，地灵灵，何方妖怪快显形。妖怪就在静思庵，快去捉拿——

【就在这时，卓童跌跌撞撞跑来。

卓 童： （大声喊）她不是妖怪、她不是妖怪——

乡民甲： 卓童得相思病了？

乡民乙： 卓童疯了。

【卓童求助地对众乡民说。

卓 童： 妙语师父不是妖怪，她没有犯七重煞，是因为缺少食盐才满头白发的。

【众人全都不解而又莫名其妙地看着卓童。

巫　师：（愠怒地）将卓童拉下去。

　　　　【乡民甲、乙、丙、丁举着卓童离开。

卓　童：（仍然高喊）她不是妖怪，她没犯七重煞——

　　　　【大山引领着严大人匆匆上。

严大人：住手！放下！（乡民将卓童放下）乡民们，卓童一家世
　　　　世代代为我们凿井制盐，我们应该尊重他们啊！

乡民甲：卓童得罪祖宗，触犯盐神，害死了自己的父亲，应该受
　　　　到处罚。

乡民乙：就是，他还包庇妖女，应该被逐出族门。

众　人：逐出、逐出。

严大人：乡民们。（唱）乡民息怒听我言，

　　　　听我把话说详实，

　　　　卓父并非卓童害，

　　　　笨拙粗陋的凿井技术是根源。

　　　　卓童他苦苦探索新观念，

　　　　为的是乡民生活不再缺食盐，

　　　　因缺盐，年纪轻轻白了头，

　　　　被迫出家青灯伴；

　　　　因缺盐，多少人骨痛难忍受折磨，

　　　　求神问药都不灵；

　　　　因缺盐，我们穿越夔门去远渡，

　　　　无数次命悬鬼门关；

　　　　因缺盐啊，民众生活受苦难，

　　　　阻碍人类进程和发展；

　　　　　乡民们，动动脑擦亮眼，

　　　　　远观历史的演变，

　　　　　是靠祖先勤劳智慧和勇敢，

　　　　　敢想敢干敢实践，

　　　　　才一次次克服重重艰险渡难关。

乡民丙： 严大人，你说的也有道理。只是，你代表官府，巫师代表神灵，我们究竟听哪个的呀？

众　人： 是呀！

严大人： 神灵我们要敬重。可我们的现实生活是实实在在的呀，它就在我们手中，要靠我们脚踏实地去干才得行啊！

店小二： 严大人，照你这么说，芷苓妹子不是犯了七重煞，不是妖女哦？

严大人： 芷苓姑娘是因为长期缺少食盐才白了少年头的，她绝不是妖女。

店小二： 我就说嘛，芷苓妹子那么好个人，怎么可能是妖呢。

严大人： 卓童，快去找芷苓。

　　　　【卓童回过神来，撒腿就跑，刚跑两步，回过头来，对着严大人深深鞠一躬后离开。

　　　　【巫师一伙见势不妙，想溜走，被严大人叫住。

严大人： 站倒。

巫　师： 大、大人。

严大人： 你枉为修道之人，不带领民众修心向善，还妖言惑众，该当何罪？

巫　师： 大人饶命。我是觉得芷苓姑娘一夜就白了头，是从来没有见到过的，只有妖才会变来变去的呀；还有卓童打那口井，井口只有碗这么丁点儿大，那哪里是井嘛，也是

154

从来没有见到过的。再加上这些年老卓灶户打的盐井不是漏井就是干窟窿，所以、所以就这么断定了。

严大人： 我们生为入世出世之人，应当以为黎民百姓谋福祉为己任。同为修行人，你撵走了芷苓，静思庵的师太收留了芷苓。芷苓姑娘遭受如此大的屈辱仍然不忘为民众寻找盐卤。你们这样逼迫她，天理何在？你们良心可安？

巫　师： 大人恕罪，小人知错了。

严大人： 知错就改。从今以后，我们全力协助卓童开凿小口深井，为黎民百姓早日拥有丰富食盐，不再白少年头，不再有骨痛而奋斗。

众　人： 大人明鉴。

【舞台后区。高台上。芷苓身背古琴，身穿道袍，头裹长巾，孤身只影行走着。

芷　苓：（唱）小小尼姑年方二八，

独抱古琴孤身只影走天涯。

浩渺广袤的苍穹下，

无有我妙语栖身的家。

卓童哥，今生你我无缘分，

愿来生，来生再抚琴吟诗度芳华。

【芷苓与卓童不期而遇。芷苓回避卓童火辣的目光。

【卓童拉着芷苓奔跑在山间。同下。

【大山身背行囊与陈郎中走在前面，卓母搀扶着秀姑跟着出来。

大　山： 伯母，父亲，我们见到卓童和芷苓就给你们捎信回来。

秀　姑：（依偎着母亲）妈，我舍不得你！

陈郎中： 去吧，见到芷苓、卓童给他们说，叫他们好好干，早日开凿出小口深井，让乡民们永远不缺食盐。

卓　母：大山，照顾好秀姑。告诉卓童和芷苓，妈想他们。

【卓母哽咽说着。

【大山搀扶着秀姑，挥手与父母道别。

【小井处。卓童与芷苓坐在月光下。

卓　童：芷苓，等我把盐井开凿成功了，一定用八抬大轿风风光光迎娶你。

芷　苓：（乖巧地）嗯，我们一起努力，我可是要体体面面做你新娘的哟。

卓　童：芷苓，（唱）自从你一夜病变离开我，卓童我从此心中无着落。

芷　苓：（唱）昔日的美好时光梦中过，
　　　　寺庙的孤单无助甚寂寞。

卓　童：（唱）寻找你青山绿水遍穿梭，
　　　　意惶惶万念俱灰世态薄。

芷　苓：（唱）只道是凡佛两隔再无约，
　　　　面对着青灯木鱼泪婆娑。

卓　童：（唱）你和我前世姻缘莲两朵，
　　　　并蒂花千里万里心一颗。

二　人：（唱）两情相悦两情相悦再聚首，
　　　　同心竭力同心竭力天地合！

【大山和秀姑发现卓童二人。

大　山：卓童、芷苓。

芷苓、秀姑：哥——

芷　苓：哥，爸妈他们好吗？

卓　童：秀姑，妈她老人家好吗？

大山、秀姑：好，都好！

大　山：可算找到你们了。

【四人喜极而泣。

卓　童：大山，快告诉我，你们怎么来了？会不会把巫师他们引来，又来捣毁我的小井和捉拿芷苓？

大　山：不会了、不会了。现在乡民更加缺食盐了，严大人他们也意识到缺盐的严重性，叫我们一定要找到你们。

芷　苓：他们还认为我是妖女吗？

秀　姑：不会了、不会了，严大人教训了巫师，叫大家都要协助哥开小井。

大　山：必要时他们都会来帮忙的。

卓　童：（兴奋地）芷苓，你听到了吗？我们有希望了。

芷　苓：（感激地）卓童哥——

【卓童带领众人凿井动作。半山坡上，卓童将一个碗口粗的竹筒插入地下，又将另一直径拳头大的竹竿下面绑上一个新发明的钻头"刃"伸进碗口粗的竹筒里。"刃"冲击井底而将岩石捣碎，取出。
【卓童在专心致志打井。芷苓、大山、秀姑在帮忙。
【众人继续打井作业。二叔提着开水过来。

二　叔：孩子们，累了吧？来喝点水，歇息歇息。

芷　苓：（边揭开头上的头巾边说）真还有些累了、渴了。

【众人喝水，歇息。
【芷苓喝完水坐下歇气，用头巾扇着凉。
【卓童无意中抬头看芷苓，惊喜万分，喊道。

卓　童：芷苓，你的头发！

芷　苓：（奇怪地）咋了？

【说着顺手捋过头发观看，原来的白发已变成了青丝。

【芷苓不敢相信眼前的事实，傻傻地定在那里。

秀　姑：（惊喜地）芷苓姐，你头发转青了。

【芷苓仍然愣愣地，大山过来摇着芷苓。

大　山：你的头发转青了。

【芷苓仍然不敢相信地问卓童。

芷　苓：卓童哥，是真的吗？他们在骗我吧？

卓　童：（肯定地）真的，芷苓，你头发转青了！

【芷苓跑到泉水边，对着泉水，倒影里的芷苓一头乌发。
【芷苓对着泉水放声大哭。
【卓童想过去安慰她，被大山拉住。

大　山：让她哭吧，把她心中的积怨统统释放出来。

芷　苓：（唱）清清泉水照面容，丝丝缕缕玉临风；
　　　　世间万物瞬息变，白发青丝两不同。
　　　　白发一变七煞凶，被迫为尼遁入空；
　　　　乖巧女儿成恶煞，凡间世俗不相容。
　　　　远离市井独自泣，古琴声声诉哀鸿；
　　　　广袤下无有栖身地，凄凄惨惨中又牵手卓童。
　　　　竹海丛林凿小井，两情相悦共筑梦；
　　　　天道还我青丝发，消除晦气喜相逢。
　　　　对清泉我理云鬓，玲珑心透着满面春风；
　　　　喜不尽扬眉俏筱，春回心田离寒冬。

【卓童慢慢走过来安抚着芷苓，芷苓慢慢平静下来。

秀　姑：芷苓姐，走，我来为你好好梳妆。（二人同下）

卓　童：大山，我们的小井开凿眼看就成功在即，芷苓的头发又

158

变青了，真是喜事连连啊！

大　山：嗯，我们快要成功了。

【师太领着卓灶户上场。

师　太：善哉善哉——

【众人同时抬头看师太。向师太施礼。

众　人：师太。

师　太：你们看我把谁带来了？

【众人细观。惊讶状。悲喜交加。

卓灶户：卓童。

卓　童：父亲。

二　叔：大哥！大哥，这些年你都到哪里去了？

卓灶户：唉，一言难尽啊！

师　太：听我道来，（唱）那年塌方遭祸灾，顺水漂流泥水埋；

　　　　奄奄一息河滩上，幸得黎民救身还；

　　　　伤势严重失记忆，细心调理年年挨；

　　　　那日贫尼去化哉，巧遇灶户世间在。

卓　童：多谢师太！

师　太：愿施主早日凿井成功。

【师太将手中的布袋交给卓童，转身离开。
【卓童打开口袋看，见是银两。

卓　童：银两！

【众人双手合十，感激地望着师太离开的背影。

二　叔：天要下雨了，快去井上看看吧。

【大雨滂沱。卓童、大山、二叔、卓灶户正冒着大雨对小口盐井进行保护。

【芷苓跑出来，秀姑跟上。

芷　苓：秀姑，下雨了，你快进屋把门窗关好，我去井上了。

秀　姑：芷苓姐，小心点。

【严大人、陈医生、卓母领着乡民们前来相助。

卓　母：孩子们，我们帮忙来了。

陈郎中：山洪来了。

【严大人号召着乡民们，高声喊道。

严大人：乡亲们，我们一定要保护好小口深井——

【乡民们响应着。

【芷苓焦急地望着汹涌的山洪，说道。

芷　苓：不行呀，洪峰越来越猛了，我们的小口深井危在旦夕。山下一定要泄洪才行。

【芷苓说着便向山下跑去。

卓　童：（大声问大山）大山，芷苓在哪里？

大　山：她领着几个人去山下泄洪了。

卓　童：你快去看看，注意安全。

大　山：好嘞。

【溪河下游，芷苓手拿锄头作挖土泄洪状。

大　山：芷苓，快过来，危险——

【芷苓脚下一滑，一个趔趄，卷入洪水中。大山狂呼。

大　山：芷——苓——

【灯暗。

尾 声

【雨过天晴，小口深井上，卓童将扯上来的竹筒底端用钩子一钩，白花花的深井盐水喷涌而出——

　【乡亲们欢庆着小口径深井开凿成功。卓童手捧着一大碗盐水对天冥祭。

卓　童：（悲痛地）芷苓，我们的小口深井出盐水了，我们的小口深井开凿成功了。可是，你却走了，留下我孤零零的，卓童将何处安身？！

我的芷苓啊——

　【卓童恸哭在地上。

卓　童：（唱）手捧一碗盐卤水，对天冥誓我祭芷苓。

芷苓啊，你我虽是指腹婚，两小无猜心相印。

曾记得，少小一同过家家，同入私塾读诗文。

曾记得，你学古琴我习箫，琴韵和鸣脆声声。

曾记得，山间布谷啼鸣翠，你和着鸟鸣填词韵。

曾记得，萌动创新开小井，你率先支持未迟疑。

只说是，喜结良缘长相伴。

没料想，一夜病变两厢分。

历经磨难重相聚，携手凿井结同心。

只说是，苍天作美开慧眼。

眷顾天地间一对有情人。

一场山洪突暴发，来势凶猛怒狂奔。

为救井，众志成城齐上阵。

为救井，你只身泄洪被水吞。

小井成功了，流淌着白花花的盐卤水。

你却是，为护小井身先士卒。

我的芷苓啊，一路艰险你为伴。

到如今，你我阴阳相隔。

芷苓妹呀，我愿为你天上人间去追寻、去追寻——

【冥冥中，芷苓发自灵魂的声音。

芷苓声音： 卓童哥，你要带领乡亲们好好生活，将小口深井技术世世代代传承下去。我没有离开你们，我永远和你们在一起、一起、一起……

【芷苓的声音消失到天尽头——

【卓童万般无奈地追寻着芷苓的声音，痛心疾首地呼喊着。

卓　童： 芷——苓——

【空灵的歌声响起。

幕内唱： 啊——啊——

千年小口卓筒井，

神奇的故事颂古今。

纵有妙语千千万，

难唱你，绝美的技艺传到今。

【底幕上，背景是满山遍野的小口深井开凿场景。

严大人声音：（念）卓筒小井救众生，竹直盐洁似廉清；

郪水延绵润万物，世代传承惠大英。

幕内唱：（童谣）管仲师兄施大贤，鲁班造车圆又圆。

筒匠打水灶匠烧，烧出花盐万万担。

——剧终

第八届全国戏剧文化奖

The 8th session of the National Theatre Cultural Award

获奖证书

A ward certificate

何正华、李茜芝（电影文学剧本《大英卓筒井传奇》编剧）获"第八届全国戏剧文化奖·大型剧本银奖"。特颁此证。

中国戏剧文学学会 全国戏剧文化奖评委会

二○一三年四月十八日

大英卓筒井传奇

时　间：现代，宋朝庆历年间

地　点：大英县卓筒井镇一带

人　物：卓童，男，二十岁左右，博学多才，英俊洒脱，有志青年。

大英，女，十六七岁，活泼、美丽、端庄，勤劳善良，才女，命运多舛。

大山，男，二十岁左右，精通医术，有为青年，大英之兄。

秀英，女，十五六岁，乖巧伶俐，因缺少食盐而得软脚病，卓童之妹。

卓童父，男，五十出头，黝黑精干，倔强，当地有名灶户。

卓童母，女，四十八九岁，有主见的家庭妇女，微胖。

大英父，男，五十岁左右，当地名医，慈祥和善。

大英母，女，四十八九岁，贤惠的家庭主妇。

小英，女，十一二岁，天真、机敏，大英之妹。

巫师，男，五十多岁。

师太，女，老尼姑，五十多岁。

蒋会首，男，五六十岁，德高望重。

老者，男，七八十岁，盐懒子（修盐井技术工）。

中国科学史专家，国际钻井专家甲、乙，筒匠三四个，晒盐匠三四个，灶匠七八个，挑盐工若干。

序　幕

字幕或画外音：

在中国西部，近年来崛起一座新兴旅游城市——四川省大英县。

镜头背景出现一组新兴大英县全景画面。

这里有著名的中国死海。

镜头背景出现一组游客们络绎不绝地前来漂浮、冲浪等休闲娱乐画面。

这里有中国第五大发明、世界近代石油钻井之父、国家级非物质文化遗产、世界上硕果仅存的古代小口径盐井。

镜头背景出现一组卓筒井全貌画面。

下面我们来讲述关于开凿这口盐井的神奇传说——

半山坡上，简易的茅草棚下面，一架羊角架在转动着。一位八十多岁的老者用双脚交替踩着羊角架，使其转动，羊角架上缠绕的篾条慢慢变少直至全部伸入一个碗口大的洞里。

老者又慢慢反方向蹬踩羊角架，架上的篾条越来越多，篾条的尾端连在一根粗壮的约5米长的大楠竹上面，待楠竹全部露出洞口，只见楠竹的底端有一个开口，老者用钩子钩开口子，一大股白花花的盐水从楠竹里奔涌而出。

水花映入整个画面，从水花中跳出片名《大英卓筒井传奇》。

字幕打出：一九八九年，加拿大温哥华"国际钻井技术研讨会"字样。

1. 研讨会上。日。内。

会场里座无虚席，来自世界各国钻井技术方面的专家们各就各位。

主持人站在话筒边用英语简短地说明会议目的。

各国专家陈述自己国家小口径钻井技术的发明始祖——

俄国专家走上讲台用俄语说道：我国小口径钻井技术在18世纪就有了，距今已有200多年历史，我们是小口径钻井技术的发明者……

美国专家上台说：我国小口径钻井技术在17世纪就有了，距今已有 300 多年历史，我们美利坚合众国才是小口径钻井技术的发明者……

中国专家沉稳地走上讲台，胸有成竹地说道：小口径钻井技术在我国北宋时期，也就是 11 世纪中叶（1041 年）发明，距今已有近千年历史……

语惊四座。在座的专家们无不惊讶，有频频点头的，有持怀疑态度的，有全然不信的。

中国专家冷静地扫视会场专家们，拿出一本北宋苏东坡著《蜀盐说》，以有力证据证明小口径钻井技术的历史悠久。

专家们惊叹不已，纷纷提议要来中国考察。

2. 四川盆地中部。日。外。

一派丘陵山川秀美景象。一名中国科学史专家带领两名国际钻井专家深入四川盆地中部进行实地考察。

三名专家站在山坡高处，放眼望去——山川起伏，郁郁葱葱。

3. 山坡上。日。外。

大英古镇，古柏参天，竹海苍翠。

山路上，翘扁担挑着盐卤的挑夫来来往往，络绎不绝。

半山坡上，三口盐井在忙碌地生产。

精壮的筒匠（吸卤工）在盐井周边汲引盐卤水。

筒匠踩着盐车，盐车转动着发出"叽咕叽咕"的摩擦声。

八十多岁的老者在一旁边指挥边喊道：慢点、慢点。左脚踩重点，右脚轻点。对、对，稳起、稳起。快速提筒。

长长的装有盐卤水的楠竹筒露出井口。

筒匠用钩子钩开楠竹底部的开口，白花花的盐水注入盐篓。

老者长长舒一口气，向一边走去。

等着挑盐水的盐篓子排了长长的一排。

4. 盐井旁。日。外。

老者坐在盐井一旁，徒弟（搬车工）连忙给老者递上旱烟。

老者吧嗒吧嗒地抽着。

搬车工小心翼翼地问道：师傅，咋每次吸卤您都那么紧张呢？

老者一烟杆头敲在徒弟的头上，说道：你都跟师傅这么久了，还不懂这个道理？

徒弟摸着被敲痛的脑袋，要哭不哭地望着师傅，老实地摇摇头。

老者说道：是怕他们稍有不慎将吸卤工具掉进井里，井里就会出现故障，我们就必须要去及时排除，否则就要耽误工期。

徒弟似懂非懂地点点头，说道：是说上次坡脚下那口井里出现屙堆（吸卤工具掉进井里，人为造成的故障），你修理了半个多月，把你累蚀（减少）了一身肉。

老者叹息道：唉！懒子这个活路啊，是个高度精细的技术活。井口那么小，那么深，根本莫法看到里面的东西，全凭感觉和意念来排除故障。不然，为啥别人会说我们干这行是"吃阳间饭管阴间事"呢！

5. 晒盐场上。日。外。

灶匠的徒弟（晒水匠）双脚踩着天车，把卤水通过支条架、筒车输送到支条架上的天船上，经由天船里的缕空处流入晒盐架，借着阳光蒸发卤水中的水分，提高卤水的盐浓度。

挑夫们不停地往卤水坑里倒卤水。

一个小媳妇打扮的女人手里提着刚洗完的衣服行走在离晒盐场不远的小路上。

晒水匠的歌声响起：天辊辊转，地辊辊圆，转得哥哥眼昏乱。陡然瞅见俏姑娘，妹呀、妹呀，哥这心里像蜜甜……

小媳妇听见晒水匠的歌声，羞得满脸绯红，快步离开。

晒水匠们、挑卤工们发出欢畅的笑声。

蒸发过的卤水从晒盐架上流下来，流在水槽里。

晒盐架的旁边是四大口用来滤卤的滤卤缸，缸内盛有满满的浓缩的盐卤水。

卤水中的泥沙、杂质沉入缸底，上面是清澈的盐卤水。

6. 灶房。日。外。

煎盐的地方叫灶房，俗名叫"场火"。灶房的房顶上青烟袅袅。

7. 灶房。日。内。

高高的灶台下熊熊火焰，硕大的铁锅里袅袅卤烟。盐工们有的翻铲盐锅煎盐，有的在提胆巴，有的将有水分的盐舀入盐仓中过滤掉水分，有的将过滤的盐撮到炕上，有的在炕盐，有的把炕干了水分的食盐运出灶房。

盐嫂们围着盐灶，不停地在往盐灶里加柴。盐工、盐嫂们互唱着歌谣。

一盐工领唱：情妹嘛长得一枝花哟。

众盐工合唱：花哟。

领唱：情哥嘛见了多爱她唷。

合唱：她唷。

合唱：爱她就爱她唷，请到我家来耍哟。

一盐嫂领唱：哥哥吧。

众盐工答：哎——

众盐嫂：来嘛。

众盐嫂唱：说要来嘛就要来哟，我在屋头打草鞋哟。

众盐工唱：草鞋打起噻我就来嘛。

男女合唱：瓜子落花生哟，一样称半斤唷，二两花胡椒唷，麻劲又麻心哟……

众人欢快的笑声在天空回荡。

8. 灶房。日。外。

灶房的外边，锅巴盐变成了细白盐，细白盐在宽敞的空地上堆积如山。挑盐的队伍延绵不断，盐工号子回荡山川，幸福的笑容在盐工、盐嫂们脸上荡漾。

9. 盐井旁。日。外。

中国科学史专家与两位国外专家来到盐井旁采访老者。

老者讲述着：我们这个钻井技术是师父的师父传承下来的。我当学徒的时候，我的师爷就给我们讲，早在宋朝庆历年间，就有了这种小口径深盐井。为了钻研这种钻井技术，我们的先辈艰苦奋斗了 33 年，勘查 330 处岩土，凿烂 330 把圜刃，割 33 张牛

皮，砍伐 330 根楠竹，经过 330 次试验。其间发生过许多可歌可
泣的动人故事——

闪回。

10. 宋代。山坡上。日。外。

一块汉代井盐生产画像砖映入画面。

画面上生产作业的人们活动起来。
大口径浅井濒临枯竭画面。
乡民挖井劳作画面。
劳动号子响彻云霄。

11. 大口径盐井边。日。外。

山坡上，卓父领着卓童、二叔、三叔等打井工匠在一口快要枯竭的大口径盐井边祭拜盐神，巫师在旁边微眯着眼睛，摇头晃脑，口中念念有词。

众人都非常虔诚的样子，唯有卓童望着盐井沉思。

二叔几次示意卓童跪拜盐神，卓童都无动于衷。

三叔不耐烦地强拉卓童跪下。

卓父口中念道：盐神呀，保佑你的子民吧，我们的盐井越来越少出卤水了，请赐给我们卤脉吧！

祭拜完毕，众人散去，卓童还跪在盐井边一动不动。

12. 卓童房间。夜。内。

夜晚，卓童梦境：山坡上，卓童用简易的绳式顿钻向地下深处冲击，沉重的冲击声响彻于耳，久久萦绕在身旁，让他欲罢不能。

13. 集市上。日。外。

卓家商铺里摆放有茶叶、干菌、海鲜、烟叶、土盐巴等日常生活用品。

土盐巴堆放在一个显眼的位置。

店员们在商铺里忙碌着。

商铺外排着长长的购买队伍。

店员问柜台边的购买者：买点啥？

购买者回答：盐巴。

店员问道：有会首签字的购买券吗？

购买者从衣袋兜里掏出一小张皱皱的纸条递给店员。

店员向内喊道：十钱盐巴——

又一购买者递上纸条。

店员高喊的声音：又是十钱盐巴。

排队的人群中议论纷纷：都是买盐巴的呀？只怕排到我这里都没得了哟！我家好久都没吃到盐巴了！

一个中年男子向地上狠狠吐一口痰，骂道：狗日的，这年头，盐巴比肉还贵。

卓童在一旁看着这一幕，沮丧地离开。

14. 陈氏济生堂药铺。日。内。

集市的另一处，陈氏济生堂药铺内，大英父坐在药铺里的案桌边给病人看病：望相、闻声、问病、切脉。

等着看病的人在旁边的长条椅上坐了长长一排，歪着、倒着、靠着的，男的、女的、老的、少的都有。

旁边柜台里的药师们忙碌地称着药。

卓童走了进来，对着大英父喊道：姑父。

大英父答应着，用头向里屋示意：大山在里面。

卓童向里屋走去。

15. 治疗室。日。内。

大山在一间敞开的治疗室内给病人扎针灸、艾灸、拔火罐。

大山一边给病人治疗，一边与卓童说话：这些病人都喊脚痛，药也吃了，针灸、艾灸、火罐也用过了，就是治不好他们的脚痛病。唉！真不知是啥怪病，累死我了！

大山捶打着腰部。

16. 盐井边。日。外。

卓童手拿竹笛站在盐井旁，大英抚弄古琴，大山、卓童的妹妹秀英坐在旁边草地上。

卓童看了众人一眼，示意大英合奏，一曲悠扬的《幽兰逢春》响起。

众人都陶醉在美妙的音乐声中。

一曲终了，大山感慨地说：哎呀，一曲美妙音乐，消除了我一身的疲劳啊！

秀英乖巧地看着卓童赞叹：哥，你吹得真好！大英姐，我好羡慕你哟，古琴弹得那样好！

大英动情地咏叹：幽兰亦有逢春时，食盐突兀忧乡民。

卓童放下竹笛，凝望着盐井，又像是对众人又像是自言自语：眼看着打下的盐井一口接一口枯竭，乡民们越来越缺少食盐，我们又实在没有别的办法，只有借琴笛解心中苦闷了！

卓童对天吟诵：我欲何所为，我欲何所用！

秀英站起来欲去劝慰卓童，下意识用手揉揉右腿。

大英：卓童哥，凭你的智慧、你的才能，一定会找到解决办法的。

卓童苦笑着摇摇头：谈何容易哟！

转瞬，卓童向左右望了望，见无人，便对三人说：我有个想法，把井口缩小，再往深处打，或许能够找到更多更好的盐卤水。

秀英：好哇，快去把你的想法告诉爹……

卓童忙制止秀英：嘘——

卓童摇摇头，走向一边，说：这样就有违传统的凿井作业，必定会遭到阻拦。

秀英：那咋办呀？

卓童想了想说：这事不能公开做。

大山：我晓得你做的是对乡民有好处的事，我第一个支持你。

大英、秀英：我们支持你。

卓童望着三人，激动地说：好，有了你们的支持，再苦再累我也干。

17. 山间。日。外。

卓童在漫山遍野穿梭，寻找卤脉。

18. 山间。日。外。

卓童手拿竹笛来到山坡上，山坡的一个隐僻处，一架简易的支架上支着一根木棍，木棍的一端悬着两条藤绳，另一端绑着一根木棒，木棒下面嵌着刃（钻地的铁具）。卓童双手拉起藤绳，一拉一松，另一端的刃插入土里，一会儿，一个碗口大的圆洞呈现于画面。

卓童用铁瓢掏出洞里的泥土，又继续顿钻。

这时，大英提着一篮采集的鲜花走了过来。

大英：卓童哥，我来帮你。

大英说着便放下花篮，挽起衣袖，动手铲土。

大英手腕上的镯子在阳光下闪烁，手镯上的金光反射到卓童脸上，让卓童睁不开眼。

19. 卓童家。日。外。

一座典型的川中民居呈现：三间土坯小青瓦正房，正房的两旁各有两间侧房，一边侧房紧连着厨房，房屋的前面是用土坯砌成的一米高的围墙，围墙正对大门处留有一米五宽的口子，没有门，供家人进出。

卓童刚一进去，二叔在大门口旁收拾打井用的工具，二叔对卓童说：回来了。静思庵的师太来了，与你娘在堂屋说话呢。

卓童点点头，向堂屋走去。

20. 卓家堂屋。日。内。

卓母与师太坐在堂屋侧边的茶椅上说着话。

椅子的中间放有茶几，一杯香茶飘着轻烟，秀英提着茶壶给师太倒水。

卓母说道：师太有些时日没下山来了，我挺想你呢！

师太喝了一口茶，回说：贫尼也念着您呢，天天在菩萨面前为您诵经，保佑卓家平平安安呢！

卓母说道：难得你这样念着我们，阿弥陀佛！

师太说：善哉善哉，卓家是大慈善人家，好人好报，是您应得的果。

卓母叹道：唉，师太你是晓得的。我卓家世代打盐井，不求权不求财，只求菩萨保佑我家多出盐卤水，老老小小健健康康、平平安安，儿子早日娶儿媳妇，女儿许个好婆家！

师太说：善哉善哉，卓娘子心诚，一定能实现的。

卓童走了进来。

卓童喊道：师太娘，孩儿给您请安了。

卓童虔诚地打躬。

师太上下打量卓童，欢喜地夸奖道：哥儿越发见长了，比先前健壮多了！

师太说着回头看秀英，说：姑娘也越来越好看了！

秀英不好意思地低下头。

卓母说：这都是托师太的福，还望师太天天给我们诵经消灾呢！

卓童问道：师太娘好久没下山来了，今日登门，必定有事吧？

师太回道：善哉善哉，还是我儿了解我，我是又来麻烦你们了。

秀英说：师太是来化盐巴的，庵里缺盐巴几月了。

卓童说：我这就去店里取。

卓母说：我早就叫人去了，回话说盐巴已售完，真是不凑巧！

师太问：你家打的盐井咋样了？

卓母叹息道：唉！很是不景气，连打几口不是漏井就是干窟窿。原来的大口井产盐量也越来越少了！

师太双手合十，口中念叨：善哉善哉！

师太起身告辞。

卓母、卓童、秀英将老尼送出。

卓母说：过几天出盐巴了，我叫卓童亲自送庵里去。

秀英抢说：我也去。

师太点头。

卓母说：你哪里都想去，脚不痛了？

秀英苦着脸，下意识地揉揉脚。

师太口念：善哉善哉——

21. 卓家堂屋。日。内。

堂屋正中墙壁上嵌着神龛，神龛上供有卓家祖宗牌位和盐神管仲的塑像。

卓父与二叔、三叔在上香祭拜。

牌位和塑像前一对蜡烛燃着火焰，三根青香烟雾缭绕。

三人祭拜完后坐下喝茶。

卓童走了进来。

卓父示意卓童坐到自己身边。

卓父讲起了从事盐业的往事。

卓父的声音：早在1200年前的战国时期，蜀太守李冰，还是20岁的毛头儿，他精通天文地理，修都江堰，从此水旱从人、沃野千里，川西平原成为"天府之国"……

卓父开始回忆。

22. 江河边。日。外。

一组李冰组织乡民疏通南安（今乐山市）青衣江画面。

一组野猪、麋、鹿、猿猴等动物在畅通的河流里饮水的画面。

一艘艘满载货物的木船溯江而上。

李冰、李二郎等民众站在河岸上欣慰地观赏着眼前水天一色，帆影点点。

李二郎指着一艘鼓帆而过的大船，兴奋地告诉李冰：看，那是从吴国上来的海盐船。

李冰听了心里一动，眉头皱起来，手捋胡须，沉吟道：蜀麻吴盐自古通。食盐从沿海的吴国溯江上运，滩险水急，耗损频繁，盐贵如金。如果就在蜀地找盐制盐，那该多好！

李冰皱起的眉头松开了，露出了笑容。

李冰转身对众人边说边指画，众人专心致志地听着，有的摇头皱眉，有的点头啄脑，有的喜笑颜开……

李冰等人围着看一张大地图。

有人问：我们哪个晓得哪里有盐水呢？

李冰说：在修都江堰水利配套工程的水井中，不是发现过井水是咸的吗？

李二郎一拍自己脑壳：哎呀，我哪个就没有想到这一层呢？

有人说：走，我们青衣江广都那里就有这样的水井！

李冰等人在广都一带勘查，最后选定在平原与山地交接之处，一口最咸的水井下游开凿盐井。

李二郎挑选一批精壮汉子，连夜开工。

挖开一个丈多宽的大口，采用挖大水井的方法，往深处挖掘。

众人都站在井口周围，探头向下看。

工匠爬上来气喘吁吁：有三丈深了！

众人急切问：看到盐水没得？

工匠摇头。

众人都奇怪地互相看看。

李二郎：和水井一样深了，应该有水呀？

工匠缓过气来，补充说：地下摸到是一块硬石板，卧底。

众人大失所望。

李二郎气得大声吼道：停工！

李冰连夜赶来。众人打着火把，照亮李冰查勘。在熊熊的篝火旁，众人期待地看着李冰。

李冰：盐脉地处水井下游，埋在深处。

李二郎：这么说，只有凿穿岩石才能找到源泉？

李冰点点头。

工匠：再也挖不得了，挖深了，井壁要垮哟！

李冰皱起了眉头，李二郎也皱起了眉头，众人跟着皱起了眉头。

李二郎率众砍来一根根慈竹。

众人首先破竹、编竹笼、装鹅卵石、筑堤，先堵住河水；众人又在盐井四周挖环沟，排除余水；再用慈竹竿绑木桶，舀干井中的泥浆；直到将井底硬岩石掏出亮底。

然后众人又将慈竹一节节地四面锁叠，从井底石岩上层层垒上来，直达井口。

最后又在慈竹与井壁之间铺篱笆，填黏土，防止地下水渗透，并在井口盖上一座宽敞的茅草亭避风雨。

工匠们安安心心地猫在干燥的井底凿岩，井壁也就再没有垮塌过。

李冰指挥，李二郎率众工匠，用锄、锸、锤、凿等工具，凿碎岩石。

突然，井底下传来喊声！

李冰等人伸头听，但是声音回响浑杂，听不清喊的啥子。

李冰等人以为出了啥子事故，紧张至极！

一工匠爬上来，李冰亲手拉他出井口。工匠张开大口喘气。李冰等人期待地看着工匠。

工匠结结巴巴：出、出……

李冰一把抓紧工匠双肩，急问：出啥了？

工匠：出、出了盐水！

众人欣喜若狂！

盐井开凿成功了，人们争先恐后赶来，看着李冰吩咐李二郎，指挥工匠们在井口安装辘轳吸盐水。

在井旁砌灶安锅，伐薪举火；看着熬制出第一锅白花花的盐巴。

众人争先恐后用手指蘸盐，放进嘴里咂巴着品味……

回忆完。

23. 卓家堂屋。日。内。

卓父：我们的盐井来之不易，不能到我们这几代人手上就灭绝了啊！

卓父深深叹息一声，吧嗒吧嗒抽起了旱烟。

卓童走出堂屋，仰望苍天。

卓童心声：除非找到新的凿井方法！

卓童表现出坚定神态，大步向外走去。

24. 山间。日。外。

山峦间，回响卓童打井的顿钻声。

25. 大英家里。日。内。

大英家坐落在场口边，有一间十米左右宽的大铺面，铺面里就是药房。穿过铺面是后院，连接铺面与后院的是一个小天井，天井左右两边是厢房。走过天井迈一步台阶有一米宽的阶檐，接着是三间正房，堂屋中央的墙壁上仍然供着陈家的祖宗和药神，神龛的香火长年不断。

大英父坐在天井里的躺椅上闭目养神，旁边放有小茶几，茶几上一壶香茶冒着热气。

大山从铺面的旁门进来，见到陈医生，喊道：爹。

大英父还是闭着眼睛问道：去药房清点一下，看缺了哪些药，明天一早上山采药。

大山点头往药房迈步。大英从厢房里跳了出来。

大英说道：爹，我还是要跟你们去。

大英父眯缝着眼睛瞅着大英，说：哪里都少不了你个野丫头。

大山对大英说：咦——，你不要做淑女吗？在家读读书、弹弹琴、绣绣花、帮娘做做针线补巴巴（补衣服）。咋又想出去疯跑了？狗改不了吃屎。

大英望着父亲，撒娇地说：爹，哥骂我是狗。

大英父哈哈大笑。

小英从厨房里出来对大英他们说：你们去吧，我在家里帮娘。

大英跑到小英面前诱导道：小英呀，山上可好耍了，花呀、树呀、草呀、各种鸟儿呀，满山遍野都是，姐带你一起去。

小英望着天空神往一会儿。

大英满以为打动了小英，期待地看着她。

小英对大英狡黠地眨着眼，回答：嘿嘿，山太高，我怕累。

大英大失所望，离开小英，怨道：没出息。

大英见大山往药房走，忙追上去，喊道：哥，我帮你。

26. 山上。清晨。外。

春末夏初，丘陵地带的清晨格外清爽，薄薄的晨雾笼罩山间，起伏有序，鸟儿在山间的树梢上婉转鸣叫。

卓童早早来到山上，在自己选定的地点用绳式顿钻小井。

卓童专心致志顿钻着，汗水流淌在他的面颊，打湿了他的衣衫。

卓童放下手中的绳子，坐在地上歇息，他从怀中拿出竹笛吹了起来。

悠扬的笛声在山间回荡、在空中回旋，是那般空灵而美妙，犹如天籁之音。

27. 山上。清晨。外。

一大早，卓父带领着二叔三叔及三十多个工匠们在另一处的半山腰做打井作业。

铁锥打石的敲打声、搬运石头的"哼哈"声、夯实地基的号子声此起彼伏。

石工号子：早晨嘛起来哟，嗨哟——

上山坡哟，嗨吔哟。

抬起那个石头嘛。

嗨吔一个哟嘞，嗨呀哟嘞……

28. 山上。清晨。外。

大英父、大山、大英一大早也来到山间采撷草药，剥杜仲皮，撬蒲公英，挖半枝莲、百花蛇蛇草、山药、何首乌、三七、麻芋仔（半夏）、柴胡、石菖蒲等。

大英父和大山用短把锄头在前面挖，大英在后面分门别类地收捡草药。

卓童的笛声飘了过来。

大英问大山：哥，你听，卓童哥在山那头吹笛子呢！

大山"嗯"了一声，头也未抬自顾挖药。

大英父望了望竹笛声方向，说：这孩子。他父亲和两个叔叔忙得不可开交，他应该去帮忙才是。

大山忙回答：哪敢呀。就他提出一个凿井革新，被他老爹臭骂了一通。近半年他家打井又很不顺，都怪他的想法是妖法，得罪了祖宗，触犯了井神。连工匠们都怨他呢！

大英同情地说：卓童哥真可怜！

大英父说：你们这些孩子啊，祖上创下基业多不容易啊，不好好去继承，读了几天书就发些奇思异想，咋不叫人担心呀！

这时，山间的布谷鸟在树梢上鸣叫：咕咕咕咕、咕咕咕咕——

大英望着树上的布谷鸟，学着它的叫声，唱民谣：

豌豆苞谷，你在哪儿坐？

我在那边坐。

你有几个儿？

将将（刚刚）三个。

卓童的声音喊道：大山，是你们吗？

大山回答：是呀，快过来吧。

卓童来到大山他们挖药处。

卓童礼貌地叫着大英父：姑父，我听到大英在学布谷鸟，就知道你们又上山采药来了。

卓童帮着大英拾起地上的草药。

大英说：卓童哥，你的笛声真好听。

卓童说：是吗？你的歌声也不赖呀。来，我吹一曲，你唱一段？

大英问：唱啥呀？

卓童想一会儿，说：你刚才不是学布谷鸟吗？就唱布谷鸟呗。

大英说：咋唱呢？没词呀。

卓童启发式地说：你想、你想想，布谷鸟是咋样的？

大英思索着，试着边想边唱，唱四川清音《布谷鸟儿咕咕叫》。

布谷鸟儿咕咕叫，飞出山里往南飘。

这边绕来那边绕，鼓起眼睛它在到处瞧。

大英父和大山停下手中活，欣赏地看着大英。

卓童连忙赞同地喊道：好、好，就这个、就这个，我给你配上音乐。

卓童吹着笛子，大英清脆而甜美的嗓音唱着：

布谷鸟儿咕咕叫，飞出山里往南飘。

这边绕来那边绕，鼓起眼睛它在到处瞧。

姐姐妹妹多活跃，早稻秧苗穿绿袍。

苞谷出土哇多苗条，两根毛辫它在随风飘……

29．山上。清晨。外。

歌声、笛声飘到了卓父打井的半山腰。

卓父手拿着弯刀低着头在削篾条，貌似没有听见歌声、笛声。

二叔、三叔谨慎地看着卓父。

工匠们听到歌声、笛声，有的停下手中活儿，议论着。

工匠甲说：是卓童在吹笛子吧？吹得真好！

工匠乙接着说：还有歌声，是谁在唱呀？

工匠丙说：肯定是陈医生家的大英呗，那女娃子的声音可好啦！

一青年工匠神往地感叹道：哇，多美啊！

卓父狠狠地将手中的弯刀往地上一扔，弯刀深深插入土里。

卓父转身离开。

工匠们识趣地劳动着。

30. 卓童家。日。外。

卓母腰系围裙，手里端着一个小箩筛，在院子里给鸡鸭鹅喂食。

卓童走到围墙外，看了院内一眼，见院内放有锤子、钻头、翘扁担、盐篓子等打井工具，知道父亲和二叔、三叔他们回来了，忙把笛子藏在衣袖里，这才走进围墙。

卓童害怕惊动屋内的父亲，小声叫了一声母亲，便向自己住的侧房走去。

突然，堂屋里传出卓父愤恨的声音：真是遇见鬼了，接连打了三四口井，不是漏井就是干窟窿。

卓童向着堂屋苦笑一下，继续向侧房走去。

卓父沙哑粗大的声音：卓童，给老子进来！

卓童一愣神，以求助的目光望着卓母。

卓母小声地安慰卓童：别怕，进去吧。说话顺着你爸点，莫那么冲。

卓童很不情愿地走进堂屋。

这时，秀英一手护着脚面露痛苦地从另一侧房走了出来。

卓母看见秀英，担心地问：又怎么了，你这是？

秀英苦着脸说：娘，我脚杆里头又痛起来了。

卓母忙放下手上的箩筛，向秀英走去。

卓母边走边说：快坐下，别动，我来给你揉揉。

卓母边给秀英揉脚边念叨着：秀啊，都怪妈不好，把你生到这个时代。怀你的时候啊，家里特艰难，有点好吃的、有盐味的，都要留给你爸、你叔叔他们吃。他们是家里的顶梁柱，要上山去打井，去找盐水，才换得来银两养活我们这一大家人呀！

秀英眼泪汪汪地望着卓母：娘，我这腿咋老爱痛呀？

卓母无奈地说：唉，该吃的药都吃了，咋就医不好我女儿的病呢！

31. 卓家堂屋。日。内。

卓父坐在堂屋正中央桌子的上方，俨然一副家长派头。

桌上放有一壶酒、一个酒杯、一双筷子、一盘花生米、一碟小菜。

卓父一人喝着闷酒。

二叔、三叔站在一旁，大气都不敢出。

卓童站在叔叔们的对边，百无聊赖地望着小青瓦，数着房顶的屋阁子。

突然，卓父将桌子一拍，二位叔叔和卓童都被吓了一跳。

卓父指着卓童骂道：送你进学堂，学到几个狗文字就回来说啥子革新，要开凿小井、深井。巫师说，就是你的古怪思想得罪了祖宗，惹怒了盐神，才害得我们接二连三尽打些漏井、干窟窿。

卓童小声嘀咕着：自己人穷怪屋基。

卓父吼道：有屁你就放大声点。

卓童坚定地说：爹、爹，自从我上次说了那话，被你臭骂之后，我就发誓不再过问你们的事了。

卓童做着轻松的样子，说道：哎呀，我去过我自己的生活，不参与你们的大事总要得了吧？

卓父吼道：你放屁。啥子是你自己的生活？我们卓家子孙，就是为打井而生的。从明天起，你娃必须跟老子上山去，由不得你再东游西荡。

卓童倔脾气上来了，他将手一挥，大声说道：打死我也不去。你们那种笨拙、粗陋、落后的打井方法，我永远不会苟同。

因为过于激动，这一挥手，藏在衣袖里的笛子露了出来。

卓父一把夺过卓童袖里的笛子，高高举起，欲向外扔。嘴里恨恨地嚷道：吹、吹、吹，我叫你吹——

卓童赶紧跨上一步，紧紧拽住卓父举笛子的手，高声喊道：老卓，你敢扔坏我笛子，我要你永远见不到我。

卓童的话镇住了卓父，卓父举着笛子的手定在了空中。

二位叔叔连忙上来劝解。

二叔从卓父手里拿过笛子。

三叔忙把卓童往外拉。

卓童挣脱三叔去抢笛子，二叔无奈地递给卓童。

卓童拿着笛子，生气地大步冲出堂屋。

卓父气得发抖，转身跪在祖宗牌位前，口中念道：祖宗啊，盐神啊！我卓家没做昧良心的事呀，咋就养了个不务正业之子呢。我卓家世代相传的钻井技术只怕要败在他娃身上呀——

32. 陈家药铺。日。内。

熙熙攘攘的病人迎来送去。

药师们在柜台里忙碌着。

大山在另一间治疗室里给病人扎银针、烧艾灸、拔火罐。

卓母领着秀英进来。

卓母见了大英父就说：他姑父，我家秀英的脚又痛起来了。

大英父抬头喊道：是舅母来了，快请坐。

秀英细声细气地喊道：姑父好。

大山在里屋听到秀英的声音，忙跑出来热情地招呼道：秀英过来了？

大山又转向卓母招呼道：舅母好。

大英父向着里屋喊：大英子，舅母过来了，快请舅母后院吃茶去。

大英从里屋跑出来，热情地拉着秀英的手，并对卓母说道：舅母，我娘才将（刚才）念叨你，说你好久没过来耍了，真是说曹操曹操到呀。

卓母望着大英，满心欢喜地夸奖道：我们大英子呀，就是会宽人心。

大英引卓母入内。

33. 治疗室。日。内。

秀英斜躺在一张治疗床上，双脚平放着。

大山用药酒给秀英推拿双脚。

二人说着话。

秀英问：大山哥，我这双脚是咋啦？为啥老是要痛呢？

大山边推拿边问秀英：你脚痛的时候是啥感觉？

秀英边想边说：酸痛酸痛的，是一种不知脚处在何方的感觉，踩在地上软软的，就像走在棉花上。

大山问：你平时偏食吗？

秀英悠悠地说：没有食可让我偏。家里好吃的、干的，都要留给我爸、我叔叔、我哥他们吃。妈说，他们是家里的顶梁柱，不能吃不好。我和我妈就吃稀饭就酸菜，那个酸菜难吃得很，我干脆只喝稀饭。

大山愣神了一下，想了想，说道：秀英，我告诉你个秘密，是只有我们两个人的秘密。

秀英疑惑地看着大山。

大山说：一会儿我给你一小包东西，你带回家去，每顿吃饭你就放些在饭里，和着吃。

秀英问：是啥呀？

大山说：你先别问，也不能给你娘他们说，说不定你脚就不痛了。

秀英惊喜地问：真的呀？

大山点头，并强调道：但是，你必须要保密，否则我就不给你。

秀英点点头，说：好好，我一定保密。

34. 复兴会馆。日。内。

蒋会首、卓灶户、大英父围坐在一张八仙桌旁喝酒叙话。

蒋会首说：哎，我们有好久没聚会了。

大英父和善地点点头，说：大概一个多月了。

卓灶户感慨地说：唉！太忙了。眼下市面物资严重短缺，要想贩运回我们本地需求的物资，简直太艰难了！尤其是盐巴。外面灶户的盐井大多要死不活的。盐水含盐量低，一大锅盐水，烧去一大堆柴火，煎出的食盐只有一小酒杯！

卓灶户重重地叹息一声，将面前酒杯里的酒一饮而尽。

大英父同情地看着卓灶户。

蒋会首说：老卓，别灰心。要不，另找几匹山试试？

卓灶户边为自己斟酒边回答：不瞒会长说，方圆几百里我们都去找了，到处都是快要枯竭的盐井，实在没辙了！

大英父安慰道：不是还有两口井在产盐吗？天无绝人之路。

卓灶户接过话说：那两口井产的食盐连我们本地都没法满足了。再这样下去，又只有到沿海一带去贩海盐了。那么远的路程，一去一来就要花掉将近一年时间，乡民们的食盐，唉，愁死我了！

蒋会首、大英父都焦虑地看着卓灶户。

35. 大英家。清晨。内。

大英父和大山在天井里拿上背篓、锄头，又要上山去采药。

大山说：我去叫大英。

大英父说：别叫她了，让她多睡会儿吧，昨天她还在叫头晕呢。

大英父和大山往外走。

大英急忙打开房门，边趿鞋子边喊：等倒我——

大英见大英父、大山往外走了，顺手将旁边一个小桶提上，追了出去。

36. 山间。日。外。

大英父和大山在专心挖着草药。

大英喘着粗气追了上来，上气不接下气地说：你们、你们咋跑得那么快呀，好累。

大英说完一屁股坐在地上。

大英父微笑着。

大山呵呵笑着，见大英手中提着一个小桶，问道：你提个水桶来干啥？

大英嗔怪道：你们不等我，我还不是乱抓一个东西就跑呀。哎呀哎呀，渴死我了。

大英父手上正拿着一把茅草根，递给大英说：这茅草根里有水浆，咀嚼些就不口渴了。

大英倔强地说：不嘛，你每次都叫我们嚼茅草根，难吃死了。我各人去找水喝。

大英左右看了看，提着水桶便向旁边走去。

大山提醒道：小心哟，莫遭野狗咬哟。

大英边走边回答：我才不怕呢。

37. 山间。日。外。

大英在山间寻找着山泉，她东瞅瞅西望望，看见脚下的地上有些湿润，她顺着湿地找过去，发现山岩石上有细细的泉水流出。

大英将泉水接在手心里用嘴喝，喝一口，她咂吧咂吧嘴巴，又接着喝一口，大英面露喜色。

大英扯着嗓子喊道：爹、哥，哥、爹——

38. 山间。日。外。

大英父听到大英的喊声，急忙放下锄头，向大英方向大步走去。

大英父问道：咋啦、咋啦？

大山在后面不紧不慢地说：真遇到野狗了？

大英惊喜的声音：水、水，泉水。

大英父、大山的心放了下来。

大山责怪说：大惊小怪的。

大英跑了过来，说：是、是咸的。

大英父惊喜地睁大眼睛，对大山说：快、快去告诉你老舅。

39. 山坡上。日。外。

山坡上聚集着许多人，有勘查盐泉的，有看闹热的，一群儿童在旁边唱着童谣：

管仲师兄施大贤，鲁班造车圆又圆。

筒匠打水灶匠烧，烧出花盐万万担。

40. 盐泉边。日。外。

蒋会首、卓灶户、大英父、二叔、三叔，十几个工匠围着盐泉观看。

蒋会首问卓灶户：老卓，你观察了，觉得如何？

老卓边看边回答：从这股盐泉流过的岩石表层来看，下面一定有一大股盐泉。只是打井的难度有点大！

老卓双手合十向着天空：谢天谢地——

蒋会首、卓灶户、大英父、二叔、三叔，十几个工匠围着盐泉祭拜，点上香蜡。巫师手提公鸡，口中念念有词。

巫师将公鸡的鸡冠掐一条口，鲜红的鸡血滴了出来，巫师将鸡血滴在案桌上一长排的酒碗里。

蒋会首领头，众人端起酒碗。

卓灶户用指头蘸一点酒，弹出去，与左右端着酒碗的人对视一下，将鸡血酒一饮而尽。

41. 盐泉处。日。外。

老卓领着二叔、三叔及众多工匠们劳动着，铁锹声、打石声、打夯声响成一片。

只听得石工号子唱着：太阳也出来哟吠，嗨——哟——

红也红彤彤呀哈。

哎呀一个哟嘞，

嗨呀哟嘞、哎呀哟嘞……

老卓在指挥着，二叔、三叔在一旁帮忙。

卓童走了过来，将卓父拉到一边，比画着对卓父说着什么，卓父听了，怒责卓童：你的想法可能吗？可行吗？我们祖祖辈辈都是打的这种大口井，一千多年了。将井口缩小到碗口大，还向深处钻，怎么隔离淡水？怎么下条石固定井口？嘴上无毛，办事不牢。你娃还嫩得很！

42. 卓童房间。日。内。

卓童手拿一只小竹筒玩弄着，一会儿用一个小铁锥伸进竹筒里捣弄着，一会儿又眯缝一只眼睛看竹筒里。他对着竹筒向窗外观看，望见了外面的庄稼地。卓童面露喜色。他又拿起另一只小竹筒全神贯注捣弄着——

卓母在外喊：卓童、卓童。

卓童集中精力捣弄竹筒，没有听到母亲的喊声。

卓母推开卓童的房门进来。

卓童被吓了一跳，连忙将竹筒藏在背后。

卓母问：这孩子，在干啥呀？

卓童慌张地回答：没、没啥。

卓母说：手上拿的啥？拿出来。

卓童不情愿，卓母从卓童背后的手上抢过竹筒。

卓母问：这是啥？

卓童敷衍地说：哦，我做笛子、做笛子。

卓母更是奇怪地说：有这么粗的笛子吗？

卓童无语。

卓母看着卓童叹息道：卓童啊，不是娘说你啊。你老汉儿他们在山上忙得昏天黑地的，你就只晓得吹笛子、做笛子，你叫妈咋说你呢！

卓童说：娘，我说了不怕您老人家伤心，我是发誓不会做老汉儿他们那个事的。

卓母用指头戳一下卓童的头，说道：混账话，不许你乱说啊。快来把这罐开水给你老汉儿他们送到山上去。这么大的天气，只怕渴死人了。

43. 盐井处。日。外。

老卓的打井作业还在继续着。

二叔看见了山下提着罐子的卓童，对三叔说：那像是卓童上来了。

三叔往山下一看，果然见卓童提着罐子走来。

三叔小声对二叔说：不能让他上来，他的怪想法会给盐泉带来晦气的。

二叔憨厚地说：他是来给我们送水的！

三叔说：你去接他，叫他别上来。

二叔不满地回道：要去你去。

44. 山下小路上。日。外。

卓童提着盛有开水的罐子走在小路上。

三叔跑过来，喊道：卓童、卓童。

卓童边走边说：三叔，娘叫我给你们送水来。

三叔说：你把水给我吧，你别上去。

卓童老实地"哦"一声，将水罐递给三叔。

卓童忍不住打探打井进程，便问道：三叔，这个，井……

卓童刚说一个"井"字，三叔马上给他挡了回去。

三叔抢着说：好得很。卓童啊，今后你别在这匹山来转悠了。

45. 卓童家。日。外。

大山站在土坯围墙的进出口处，向内喊道：卓童、卓童。

秀英从侧房里跑出来，喊道：大山哥。

大山说：秀英。

秀英拉过大山小声说：大山哥，你上次给我的那个东西我和着饭吃了的，可好吃了。

大山问：最近脚还痛吗？

秀英想了想，回答：还是要痛，只是没那么频繁了。

大山又问：你娘不晓得吧？

秀英说：我没跟他们说。有天我妈看见我碗里有黑黑的小点，奇怪地问我是啥，我哄她说是落的柴灰。

二人嘿嘿傻笑。

大山四下看看，见没人，从包里又拿出一个小包给秀英。

大山小声说：我又给你带来了些，快收好。你坚持吃上一年，指不定脚就真的不痛了。

秀英无奈地说：啊，要吃年大年呀？

大山忙招呼道：小声点，你怕没人晓得呀？

秀英伸伸舌头，小声说道：好，我听你的。

大山向外走了几步，回头大声对秀英说：告诉你哥，下午我们到山上去找他要。

秀英乖巧地应着：哎——

46. 盐井旁。日。外。

盐井总算打好了，坑洼式的，十丈宽、三四丈深。盐水清澈见底。

大乐队、花锣鼓队各自为政敲打表演着，有"你方唱罢我登场"的架势。

童谣声：钻两口井，一个起灶，一个晒盐。

盖一间房子，讨一个老婆，生一地娃娃——

筒匠们挑着盐篓子来来往往，络绎不绝。

蒋会首、卓灶户、大英父走在盐井边，边走边说话。

卓灶户欣慰地说：这下好了，我总算可以松口气了，用不着再为盐巴短缺发愁了！

大英父附和着：那是那是。

蒋会首：这笔功劳应该记在大英身上，是她发现了这股盐泉，缓解了我们的食盐危机。

大英父谦虚地回答：小孩子家，哪能受这么大的功劳。

卓灶户：等忙过这阵子，择个吉日把卓童和大英的婚事办了，把我家那臭小子的野心收收。

蒋会首：好哇，我可是等着喝这杯喜酒哟！

三人同笑。

蒋会首望了望盐井的上方，对卓灶户说：灶户啊，这靠盐井的上方怕要加固才行呀！岩壁离盐井太近，就怕遇到下暴雨哟。

老卓连忙回答：就是就是，我也考虑到这个问题。过几天我就到对门山上的石场里购条石来加固。

盐井的旁边，一个泥塑匠塑了一尊高高的盐神塑像。

泥塑匠接着说：灶户，我把盐神像塑在这里，保佑着呢，绝对没得问题。

老卓脸上露出了久违的笑容。

47. 盐井边。夜。外。

卓童一人悄悄来到刚打好的盐井边，他绕着盐井观察着，用手比画着、丈量着，手势一会儿大一会儿小。

卓童望了一眼盐井上方，担忧地自言自语：不行啊，必须改革呀！

卓童坐在盐井旁边望着盐井陷入沉思。

不远处的二叔、三叔看到了卓童。

三叔要冲过去，二叔拦住了三叔。

三叔怒目看着卓童。

48. 山上。卓童的小井边。日。外。

卓童、大英、大山、秀英、小英在山坡上放风筝。

几只漂亮的风筝在高空飞翔。

他们的欢笑声在空中回响。

卓童坐在地上，望了一会儿空中飞翔的风筝，转头对旁边摆弄风筝的小英说：小英子，去给师太娘说，我们一会儿过去吃斋饭。

小英忙着弄风筝，不情愿地回答：哎呀，你去嘛，你又没放风筝。

大山对小英说：去，大人肯喊，小人莫懒。你跑得快些。

卓童又说：去吧，小英，我一会儿做个大蝴蝶风筝给你放。

小英这才爽快地说：好嘛。

卓童吹起了竹笛，大英抚琴伴着歌声，唱：（四川清音《小放风筝》）

三月呀啊里来是清明啊，姐妹们，

众人答应：哎——

大英接着唱：双双去呀啊踏啊青哪啊。哎呀呀，随带着——

纸糊的那个糊纸的，那个糊纸的丁丁猫黑老鹰。

美人头上加七星，在万花楼前去放风筝。

离却了绣房门啦啊哈哈哈哈哈哈哈。

众合唱：哎嗨哎嗨哎哎嗨哟哦喔，马上就启程啦——

空旷的山坡上。大英抚琴唱曲，卓童吹笛。秀英、大山一起陶醉倾听。

伴着《春江花月夜》古琴曲，卓童吟诵道：

春江潮水连海平，海上明月共潮生。

滟滟随波千万里，何处春江无月明。

……

江天一色无纤尘，皎皎空中孤月轮。

江畔何人初见月？江月何年初照人？

……

斜月沉沉藏海雾，碣石潇湘无限路。

不知乘月几人归，落月摇情满江树。

49. 卓童家。夜。内。

卓童家里，卓父躺在床上抽烟。卓母在旁边收拾衣物。

卓父对卓母说：你抽空把王妈找来，择吉日给那臭小子完婚吧。

卓母感慨地说道：哎呀，孩子大了，是该成亲了。你终于腾出心思来关心娃娃的亲事了？

卓父说：让他早点成亲，就是想收收他的心。

卓母问：行，明天就叫王妈去他姑父家说合说合。

卓父气愤地说：只怕委屈了大英，他小子哪配呀，成天不务正业。

卓母吸一口气，反问道：我说你是不是他亲爹呀？哪有亲爹这么损自己儿子的？

卓父无语，吧嗒吧嗒抽着烟。

卓母又说：秀英也该说得婆家了。只是她这个脚痛病——

卓母突然想起似的，说：咦，这段时间咋没听到她喊脚痛了呢！

卓父叹了口气，说：明天杀两只鸡炖上，让那孩子多吃些。秀英这孩子生下来就体弱。

卓母笑着说：哟哟哟，倔老头，我一直认为你都是吃扁条屙杠子哒，咋还是晓得关心人啦？

卓父微笑着说：去——

二人笑。

50. 大英家。夜。内。

大英父斜靠在床头，手里捧着一本医药书籍看着。陈母坐在床边叠衣服。

大英母边叠衣服边说：王妈今下午来过，说择吉日给卓童、大英子他们完婚呢。

大英父眼睛看着书，不紧不慢回道：嗯。

大英父眼睛还是没有离开书，说道：大英这孩子有主见，得问问她本人再说。

大英母笑着说：我也是这样回王妈的。

大英母感慨地又说道：你说，真快啊，转眼孩子们都到谈婚论嫁的年龄了！

大英父放下书，看着大英母问道：干吗？不服老呀？不服老不行啰！睡觉睡觉。

大英母微笑着。

51. 大英家。清晨。内。

只听大英在房内惊呼道：爹、娘。

大英父母边答应边奔进大英卧室。

卧室内，大英在一夜之间，一头青丝变成白发。

大英无助地看着父母。

大英母一见大英，"啊"一声晕了过去。大英父急忙扶住大英母，惊愕地看着大英。

见自己的形象惊吓到了父母，大英反而镇定下来，她找来一块方巾，将白发包裹起来。

大英母苏醒过来，拉着大英哭道：我的儿，你这是咋了呀？

大山跑了进来，一见情景，愣神在那里，一句话也没说。

52. 卓童家。日。外。

卓童高兴地与秀英说话：秀妹，昨天我听娘说，要叫王妈去姑父家提亲了，我就要把大英娶过来了。

秀英：嗯，我晓得。

卓童：你去给大英传信，我在小井处等她。

秀英：哎。

53. 小井处。日。外。

卓童脸上洋溢着笑容，他卖力地顿钻着小井。

卓童迫切地向山下张望。

一会儿，只见秀英跛着脚，喘息着向卓童走来。

卓童急忙跑过去扶住秀英，问：你这是怎么了？大英呢？

秀英带着哭腔说：大英姐病了，她把自己关在屋里谁也不见。

54. 大英卧室。日。外。

大英卧室的门紧闭着，任凭卓童在外面哀求。

卓童：大英，你开开门吧，我来接你了，不管你变成什么样，我都会和你在一起。

大英声音：卓童哥，你走吧，去干你自己的事业，大英要辜负你了，再也无法帮你了。

卓童：不——没有你，我卓童干什么也没有意义了！

大英声音：不——你有理想，有抱负，你应该去实现。否则，我这辈子真的不会再见你了，你走吧，走吧——

大英伏在床上泣不成声。

55. 寺庙。日。内。

大英母虔诚地跪拜在每一位菩萨面前。

56. 空地处。日。外。

设祭台，巫师在作法。周围是围观的乡民。

巫师口中念念有词：天灵灵，地灵灵，各路神仙快显灵。大英犯了七重煞，被妖魔附身了，快送去出家吧，不然这方乡民和家人都有灭顶之灾啊——

大英父、卓灶户无奈的表情，大英母痛哭着，卓母搀扶着大英母也无声地流泪。

57. 静思庵。日。外。

静思庵的大门关闭着。大英母站在庵门口对着前面的小路张望。

身穿长袍，头上裹着头巾，身材高挑而又苗条的大英面对着墙壁站着。

大英怀里抱着古琴，古琴用绸缎套着。

大英时不时用手抚摸着古琴，将头靠上去，有一种相依为命之感。

师太从小路那头走过来，大英母迎上去，说道：师太，阿弥陀佛。

师太认出是大英母，也说：善哉善哉，是陈娘子来了，快请庵内打坐。

师太打开庵门。大英母先随师太进庵，见大英未跟进来，又出去拉大英进来。

58. 静思庵。日。内。

大英始终面向墙壁。

大英母虔诚地拜过菩萨，师太为她敲着木鱼。

师太将大英母与大英引至后堂。

59. 静思庵。日。内。

庵内后堂，师太与大英母喝着茶。

大英离大英母两米多远站着，仍然面向着墙壁。

大英母说：师太，我家姑娘一心向佛，今日将她送来，请您收她为徒，还望师太多多指教。

师太说：善哉善哉，庵门普度众生，愿她早日脱离苦海。

不一会儿，大英母起身告辞，她心情复杂而极不情愿地看了看大英的背影，转身掩面离开。

大英听着远去的脚步声，肩头渐渐颤动着，无声地哭泣。

她终究没有回过头来目送母亲，强压着心头的留恋，用颤抖的心声喊道：

爹爹，娘亲，从此女儿就绝尘缘了！

60. 小井处。日。外。

卓童钻井的山坡上，巫师领着一帮人将卓童的钻井支架捣毁、井口掩埋。

卓童赶上山来，看见眼前被捣毁的一切，跪伏地上恸哭。

刹那间，乌云密布，大雨倾盆，将卓童浑身上下淋了个透。

卓童起身站在雨中，任凭大雨浇灌。

瞬间，卓童猛然惊醒，向山下跑去。

61. 山间。雨。外。

山间，大雨倾盆。

眼看山体在往下滑，危及盐井。

卓父在组织工匠们抢险。

突然，有人大喊道：塌方了，塌方了——

山体垮塌的"轰轰"声震耳欲聋。

只听得二叔、三叔惊恐的呼喊声：大哥、大哥——

卓童刚跑到离盐井不远处，听到二叔、三叔的喊叫声，戛然止步，双腿跪在地上。

62. 卓童家。雨。内。

突如其来的天灾冲击了卓家。秀英惊骇地瘫坐在地上，双眼大张，努力想站起身来，双脚却无力做到。秀英悲恸着爬向房门。

63. **卓童房间。雨。内。**

卓童无助地环视着满地的竹筒，突然爆发似的用脚践踏着竹筒，以宣泄心中的悲愤。

64. **盐井处。日。外。**

雨过天晴，人们找到卓父的遗体，一家人悲痛不已。
卓童披麻戴孝，木然地抱着卓父灵牌走在前面。
长长的送葬队伍缓慢挪动着。
悲恸的唢呐声催人泪下。

65. **静思庵。日。外。**

大英站在静思庵外，远远听见悲凉的唢呐声，眼里充满泪水。

66. **卓童家。日。外。**

三叔操起扁担，对卓童咆哮道：我打死你这克星，是你克死了我大哥——
二叔将三叔死死拉住。

67. **山间。日。外。**

卓童漫山遍野寻找大英无果，他站在山间，举起双手，仰天大吼：为什么——
山间回荡着：为什么、为什么——

68.山上。夜。外。

卓童、大山站在山上。

卓童手拿笛子，茫然地望着前方。

大山担心地看着卓童。

卓童难过地说：这个地方再也待不下去了！

大山担心地问：你要去哪里？

卓童摇摇头回答：不晓得。

大山坦诚地说：你应该把你家的打井技术继承下去。

卓童苦笑着，失望地说：不可能。他们那个打井技术已经走到了尽头。如果按我的想法行事，不单是被赶出家门，只怕是要被逐出族门了！

大山诚恳地强调说：卓童，你不能走。

卓童茫然而不解地看着大山。

大山望着前方，说道：我有个想法，萌芽很久很久了。但是我不敢说。

卓童疑惑地问：啥？

大山看看卓童，胆怯地说道：我怕说出来也要遭到和你一样的遭遇。

卓童鼓励道：这里只有你我与天地知道。

大山强调说：你保证，一定要相信我。

卓童向大山坚定地点点头。

大山这才说道：其实我们这里好多人生的病都是因为缺盐，是盐巴的匮乏诱发了许多难以治愈的疾病——

卓童惊疑地瞪大了双眼。

大山继续说：秀英的脚痛、大英的白发都是因为缺少食盐造成的。

卓童惊呼：不会吧？目前虽然说食盐短缺，总还是有呀，咋就会因为缺盐而生病呢？

大山反问道：有？有多少？每家人十钱，这叫有盐吗？我的哥呃，要市场上自由买卖，想买多少就能买到多少，那才叫作不缺了。

卓童说道：那不可能，这种情况从来没有出现过。

大山说道：所以就叫匮乏，而且是严重的匮乏！

卓童沉思着，过一会儿，他迫切地问大山：说说，说出你的道理来。

大山这时大胆起来，他侃侃而谈：秀英无故脚痛，我悄悄给她送去咸菜，叫她就着饭吃，她的脚痛就发作得少了；还有一些与秀英类似的病人，我也在他们的中药里加些咸菜，他们的病情也得到了缓解。

大山更加沉痛地说：再说我家大英，为了让我们吃有盐味的，她几乎只吃素饭和瓜果花卉。

提起大英，卓童痛彻心扉。他忧伤地追问大山：大山，我求求你，告诉我，我的大英在哪里？

大山也非常沉痛地说：我不知道呀，她什么时候走的我都不知道呀！卓童，忘了她吧。

卓童抢着说：不，哪怕踏遍万水千山，我也要找到她，不管她变成啥样子，我都要和她在一起。

卓童接着说：大山，这次父亲突然过世，我家秀英的脚完全不能行走了！我走后，望你时常去看看我娘和秀英，卓童拜托你了。

69. 卓童家。日。外。

卓童身背行囊与母亲告别。

卓童：娘，你好好照看秀英，多多开导她。有啥事去找大山，大山说了，会经常过来看你们的。

卓母点着头，抹着泪。

卓童背对着母亲说道：娘，儿不开凿出小口深井，誓不罢休。

卓母眼里噙着泪水，坚定地点点头说：儿子，娘相信你。

卓童大踏步向前走去。

卓母望着卓童的背影，带着哭腔喊道：卓童，娘等你回来。

70. 山路上。日。外。

卓童身背行囊行走在山间。

71. 山垭口。日。外。

二叔背着行囊站在山垭口等着卓童。

待卓童爬上山垭口时。

二叔慈爱地看着卓童。

卓童也看着二叔微笑着。

山间，卓童与二叔一前一后向前走。

72. 野外。夜。外。

野外的夜晚，凉风习习，繁星点点。

卓童倚着行囊进入梦乡，梦境中大英笑盈盈提着一篮鲜花向他走来。

卓童惊喜地奔上去，喊道：大英，我可找到你了，我再也不会让你离开我了。

大英笑而不答。

卓童诉说着：大英，我现在啥都没有了。我父亲死了，秀英的脚不能走路了，我们的小井被巫师毁了，还说我父亲是我害死的。大英，你去给他们说说，我没害死我父亲，我开凿小井也是为了寻找盐卤水，是为了我们的乡民呀！

大英笑着将一篮鲜花送给卓童，鲜花变成了一篮手镯。

卓童：你为什么不说话？我不要手镯，只要你的理解。

大英仍然将手镯递给卓童，说：拿着吧，你一定用得上它的。

大英转身离去。

卓童梦中呼喊：大英、大英，你别走。

二叔连忙摇醒卓童：卓童、卓童。

卓童一下惊醒，翻坐起来，抓住二叔的手说：大英呢？大英刚才来了。

二叔叹息说：你又做梦了。

卓童无奈地哀号道：大英，你在哪里？

73. 静思庵。夜。外。

皎洁的月光像绒纱般铺洒在静思庵坐落的山坡上，洁白而又朦胧。

师太在禅房内敲击木鱼诵经，敲击声细小而清脆。

古琴《秦桑曲》从大英的禅房内飘出，萦绕山间。

大英吟诵据李白《春思》改写的诗：

春草如碧丝，蜀桑低绿枝。

思君满愁绪，相见无有期。

春风不相识，何事入禅帏。

74. 卓童家。日。外。

秀英的房门紧闭着。

大山站在秀英的房门口喊道：秀英，你开开门，听我给你说。

秀英从房内传出声音：大山哥，你走吧。以后你别再来了，我不会再听你的了。

大山着急地说道：秀英，你要坚强起来，你的脚一定会好的，我向你保证。我答应了你哥的，一定要好好照顾你。

秀英倔强地带着哭腔说道：不，不会好的，再也不会好了。

大山激动地说：就是你永远站不起来了，我也愿照顾你一辈子。

75. 大英家。夜。内。

大山手里举着一盏油灯悄悄走进厨房。

大山把油灯放在一旁，将地上一个倒扑罐（川中一带用来盛干腌菜的罐子）翻过来，从罐里捞出咸菜。

大山端着咸菜来到一个小桌边，小桌上摆放着一排排小纸片。

大山将咸菜一小撮一小撮放在纸片上，小心翼翼地包裹着。

大英父站在厨房的窗外静静地看着大山。

大英父悄悄进入厨房。

大山包好咸菜后又小心地将咸菜揣进胸前衣服内的衣袋里，用手拍了拍，生怕掉下来。

大山转身正准备往外走，冷不丁碰上父亲。

大山慌忙喊道：爹、爹。

大山又下意识地摸摸胸前。

大英父慈祥地看着大山，说道：为啥不光明正大地拿？

大山更加慌张了，辩解着：我、我……

大英父用手势制止大山，说：行医多年，我也常常思考，通过中医的望闻问切，诊断出有些病人根本没有病，可他们总是说这儿痛那儿疼。我就想，这是不是与长期缺少食盐有关。

大山一颗悬着的心放了下来，说道：我也是在给病人诊治的过程中探索出的方法。

大英父说：你娃咋不早说呢，用得着这样偷偷摸摸的吗？

大山回答：在没有充分论证之前，我不敢说。

大英父点点头。随后，他重重叹息道：可怜我们的大英！

76. 山路上。日。外。

卓母推着独轮车（俗名：鸡公车），车上坐着哀伤的秀英，她们的背影渐渐消失在路的尽头。

77. 卓童家。日。外。

萧条的卓童家人去屋空。

大山焦急地围着房屋寻找着秀英，呼喊着秀英……

78. 山坡上。日。外。

楠竹林处，阳光从竹叶的缝隙间射出来，斑斑点点。

春风吹动竹梢，犹如一片竹的海洋。

一排碗口大的楠竹平放在地面上。

卓童忙碌地将一根根楠竹牝牡相接，试了几次都没有成功。

二叔坐在一旁削着篾条。

卓童求助地问道：二叔，咋老是接不牢呢？

二叔微笑着回答：这是你的新办法，二叔一点都搞不懂。

79. 山坡上。月夜。外。

月光下，卓童坐在草棚旁，望着月光，吹着竹笛，思念着大英。

卓童吟诵诗句：

更深月色听鸣蛙，北斗阑干南斗斜。

夜夜相思大英妹，凡佛只隔薄窗纱。

冥冥中，大英的琴声在卓童耳边萦绕。

80. 静思庵。月夜。内。

大英抚琴吟诵：

琴声咽，妙语梦断静思庵。

静思庵，岁岁青灯，

尘缘隔断。

思绪中，卓童的笛声在大英耳边萦绕。

81. 山间。日。外。

尼姑打扮的大英在用木桶盛山泉。

大英背着泉水走在通往静思庵的路上。

二叔挑着水桶去山泉处挑水。

卓童去山泉处挑水。

卓童与大英交叉出现。

（都在同一处取水，却始终不曾见面，此镜头反复出现）

（二叔望着大英提水的背影。此镜头反复出现）

82. 山坡上。日。外。

半山腰，卓童在开凿小井。

卓童比画着，思考着，丈量着，顿钻着。他艰难地探寻着开凿小口深井技术。始终未能成功。

二叔提着饭菜来到卓童身边。

二叔盛了满满一碗饭递给卓童，卓童狼吞虎咽地吃着。

二叔说：你去静思庵拜拜菩萨吧，兴许能攒点灵气。

83. 静思庵。日。内。

卓童在师太引领下参拜菩萨。

师太：我儿有些时日没来进香了。

卓童叹息道：唉！还是上次送盐巴来过，现在……

卓童不想再提及伤心事。

师太劝道：凡事都是天注定，顺其自然吧。

卓童起身于庵内参观，师太便跟随卓童身后。

师太说：前年是你派工匠来静思庵，将庵内庵外进行了大维修，可算积了大德了！

卓童边走边看边问：还漏雨吗？

师太回答：不漏了，各禅房的门窗都修好了。

就在这时，一曲哀怨的古琴曲从禅房内传来。

卓童为之一震，惊问道：哪来的古琴声？

师太回答：前不久老尼收了名徒儿，法名妙语。

卓童抬脚就要循声而去，嘴里说着：我去见见。

师太连忙拦住卓童，说：我儿不可，妙语才来不久，她怕见生人的。

师太看看天，接着说：天色不早了，我儿快下山去吧。

卓童很不情愿地随着师太向庵外走去。

师太用手势催促卓童离开，然后关上庵门。

卓童在门外不甘心地叫了声：师太——

卓童只得离开静思庵，慢慢向山下走去。

忧伤的古琴曲在卓童耳边萦绕，仿佛还伴有吟唱。

84. 静思庵。傍晚。外。

卓童索性回转身去，绕过庵门，来到传出琴声的禅房外，只听得琴声伴着歌声吟唱着：（四川清音《尼姑下山》，部分唱词有改动）

小小尼姑年方二八，

独坐禅房伴着孤灯口念经法。

怨声爹来呀怨声妈，

怨爹妈不该戏听巫师的话。

他算奴命中犯了七重煞，
白了眉毛雪染青丝发。
还要祸害乡邻殃及家，
因此才将儿送出了家……

85．静思庵。傍晚。外。

卓童搬来一块石头垫在脚下，透过薄薄的窗纱看着里面的一切。

86．大英禅房。傍晚。内。

灰暗的窗内，一盏青灯静静地燃烧着。古琴摆放在墙角边。

大英侧对着窗户，熟练地拨动着琴弦。她一头雪白的长发瀑布似的披散在肩上，长到腰际。细长的丹凤眼含着深深的忧郁，长而雪白的眼睫毛闪动着，泪珠欲滴。

87．静思庵。傍晚。外。

泪流满面的卓童呆呆地望着窗内，哀怨的诉说声让他难以释怀。

卓童情不自禁地喊道：大英，你让我找得好苦啊！

88．大英禅房。傍晚。内。

大英的琴声戛然而止，禅房的灯立即熄灭。

大英极其伤心地拉上了窗帘。

89. 静思庵。傍晚。外。

卓童在窗外喊道：大英，我晓得是你，一定是你。你为什么不理我？为什么躲着我？为什么？？？

90. 大英禅房。傍晚。内。

禅房内始终没有回应，大英蜷曲在屋角无声哭泣。

91. 静思庵。傍晚。外。

师太来到卓童身边，很不忍心地说道：我儿请回，庵里没有你要找的人。

卓童跪伏在师太面前，哀求道：师太娘，您向来是疼爱孩儿的，她就是我的大英，恳求您容我见见她吧。

师太：庵里只有小尼姑妙语，没有你要找的大英。你快走吧！

卓童：不是的，师太娘，她就是我的大英。

师太叹息道：有缘千里来相会，无缘对面不相识。她尘缘已尽，请叫她妙语师父吧。

这时，二叔赶了过来，他摇着卓童的肩头喊道：卓童，清醒清醒，看看你现在这个样子，如果我是大英，也决不会见你的。

二叔的话点醒了卓童，他慢慢冷静下来，站起身，整理好衣衫，向山下走去。

卓童回过头，坚定地看着紧闭的庵门。

卓童心声：大英妹，你要好好的。我卓童不开凿出小口深井，不凿出丰富的盐卤水，让乡民们有丰富的食盐，我誓不罢休。我不会再来打扰你。

大英的心声：卓童哥，你要好好的。我大英虽然不能在你身边帮你开凿小口深井，但我会踏遍这方山山水水，寻找盐泉，让乡民们有丰富的食盐，不再腿脚痛，不再有少年白发。我会天天祈祷你早日凿井成功。

92. 山坡上。日。外。

卓童凿井的顿钻声经久不息。

93. 山路上。日。外。

大英背水往返在寺庙与山泉边。
卓童远远看着大英背水的背影。

94. 静思庵。日。内。

大英将山泉倒入水缸内。
大英饮用山泉。
大英用山泉洗雪白的长发。

95. 大英禅房。雨夜。内。

淅淅沥沥的春雨让大英更感孤单无助。
肩披雪白长发的大英抚弄琴弦，一曲《焦窗夜雨》悠扬婉转，她一边弹奏一边低吟诗词：

君问归期未有期，巴山夜雨涨秋池。

何当共剪西窗烛，却话巴山夜雨时。

（【唐】李商隐《夜雨寄北》）

96. 卓童住处。雨夜。内。

与此同时，卓童站在窗前，望着霏霏细雨。

大英弹奏的古琴曲、吟诗声，他似曾听见，勾起他一腔惆怅。

卓童吟道：

芭蕉滴雨弄空窗，窗外细影任风摇。

风摇玉树泪相思，夜黑星稀月息光。

月息寒鸦啼孤寂，雨打归巢郎望庙。

郎望静思青灯飘，梦碎无痕牵愁肠。

二叔在窗外喊道：卓童，小井被泥沙淹没了。

卓童拔腿就往外跑。

97. 山坡上。雨夜。外。

小井处，泥沙掩埋了小井，冲毁了支架。卓童艰辛开凿的小井毁于一旦。

卓童沮丧地看着被毁的小井，心痛万分。

98. 山坡上。日。外。

卓童继续开凿小井。

卓童用楠竹植入地下，可总是隔绝不了渗入的淡水。

又一个难题摆在卓童面前。

卓童苦苦思索着。

卓童想起大英帮着掏小井泥土的情景：

大英手腕上的镯子在阳光下闪烁，金光照射在卓童脸上，让卓童睁不开眼。

卓童又想起自己的梦境：大英的一篮鲜花变成了一篮镯子。

大英的声音：卓童哥，送你一篮镯子，你一定用得上的……

卓童猛然醒悟，眼睛一亮。他立即着手用竹篾编织一个个像镯子一样的竹圈。

卓童将编好的竹圈套在楠竹上，再植入小井里。

紧密的楠竹隔绝了淡水的渗入。

卓童更加卖力地向地下深处顿钻。

二叔用长长的勺子伸入小井掏出捣碎的泥土。

卓童喊着：二叔，油灰、油灰。

二叔疑惑地问：要油灰干啥？

卓童回答：将油灰涂抹在楠竹上，既能隔绝淡水，又能让竹筒更加坚固。

二叔非常认可卓童的想法。他欣喜地说：卓童，你父亲在九泉之下会保佑我们的。

99. 山路上。日。外。

大英背着山泉吃力地行走。

卓童在大英身后不远处看着大英。

大英脚下一个踉跄，就要摔倒。卓童一个箭步跑上，扶住了大英，大英感激地瞅了卓童一眼，立即镇定下来，背着山泉继续前行。

卓童在大英身后叫道：大英。

卓童意识到叫大英的俗名不妥，便改口叫道：妙语师父。

大英愣了一下，没理会，继续向前走。

卓童紧追几步，绕到大英面前，诚恳地说：我送送你吧。

大英正色说道：施主，善哉善哉，不用。

卓童望了望漫长的山路，说：山路很长，你一个人走会害怕的。

大英幽幽言道：出家人，何言害怕！

卓童意识到此时自己说什么都没有意义，更不想勾起彼此的伤心。他立即转移话题：嗨，我是恋着这满山遍野的春色，不想在这儿巧遇你。

卓童试探地问道：我们，不妨一道走走？也不辜负这路边的花儿草儿、林中的树儿鸟儿。

卓童能直面挫折并如此通达与乐观，这让大英深感欣慰，她眼角露出一丝不易察觉的愉悦。

100. 山坡上。日。外。

远远看去，卓童替大英背着山泉，倒退着在前面走。

大英与卓童面对面向前走。

卓童在说着什么，打着手势比画着。

大英赞同地频频点头。

卓童朗诵诗歌的声音：

去去行人远，尘随马不穷。

旅情斜日后，春色早烟中。

流水穿空馆，闲花发故宫。

旧乡千里思，池上绿杨风。

（【唐】贾岛《春行》）

大英朗诵诗词声音：

数里闻寒水，山家少四邻。

怪禽啼旷野，落日恐行人。

初月未终夕，边烽不过秦。

萧条桑柘外，烟火渐相亲。

（【唐】贾岛《暮过山村》）

卓童引领大英在花丛中奔跑着、欢笑着，仿佛又回到从前。

大英转回到现实，收起欢笑，转身黯然离去——

101. 大英禅房。月夜。内。

月光下的静思庵显得更加寂寥。

肩披雪白长发的大英望着窗外皎洁的月光，思绪万千。

大英轻轻打开禅房门，望了一眼师太的禅房。

师太禅房里亮着微弱的油灯，隐隐传出木鱼声和诵经声。

102. 静思庵。月夜。外。

大英悄悄溜出庵门，来在庵外空旷的山坡上。

皎洁的月光铺洒地面，给万物披上了银纱。

银白的月光照着雪白的大英，构成一幅静而美妙的画卷！

大英对着月光，压抑许久的心情舒展开来。她慢慢舞动着身姿，仰着头，双手托举向上。

大英一边舞动，一边吟诵着：

山间夜寂静，独我与孤影。

玉兔洒银色，苍穹明如镜。

对月抒愁绪，月难解我意。

与诗结为伴，琴音命相依。

凡尘欢乐多，决绝妙语绪。

少小白发舞，唯有独自怜。

怜我尘世愿，怜我父母心。

怜我满腹书，怜我心热情。

我心何处诉，只与鸟虫鸣！

大英翩翩起舞，雪白的长发跳动着，似一幅灵动飘逸的画卷！

卓童仿佛听到大英的吟诗声，大英的吟诗声与卓童的吟诗声交替出现——

103. 小井处，月夜。外。

与此同时，卓童站在小井边，望着月光，思念着大英。

卓童吟诵道：

屹立苍穹间，遥望明月天。

明月照大地，静寂夜相安。

对月倾相思，月最解我意。

诗笛结为伴，小井命相连。

昔日欢乐多，如今空凄然。

少年酬壮志，探索山峦间。

痴心终难改，艰险勇登攀。

为我凿盐业，为我乡民怨。

为我父母结，为我大英还。

我心何处诉，明月可作鉴！

大英仿佛听到卓童的吟诗声，卓童的吟诗声与大英的吟诗声交替出现——

104. 乡民区。日。外。

次日，乡民区，一大堆乡民围在一起议论纷纷。

乡民甲：不得了啦，山上出妖怪了。

乡民乙：就是呀，昨天晚上半夜前坎（时候），我起来小便，望见山那边一个全身雪白的妖怪在山上跳舞啦！吓得我小便都屙不出来了。

乡民丙：老卓灶户肯定就是被妖怪害死的。

乡民丁：这还得了？还不快请巫师来灭妖啊！

小英和大山路过时听到乡民们的对话。

大山对小英示意，小英会意地点着头。

105. 山路上。日。外。

小英奔跑在通往静思庵的山路上。

106. 空地里。日。外。

巫师摆开祭台，口中念念有词在作法。

蒋会首等众多乡民们虔诚地围在祭台旁边。

107. 静思庵。日。内。

小英焦急地对大英和师太讲述着。

大英静静地、木然地望着前方。

老尼双手合十，念道：善哉善哉，此处不能留你了。

108. 祭台处。日。外。

巫师双手高高举起，大声喊道：天灵灵，地灵灵，何方妖怪快现形。妖怪就在静思庵，快去捉拿——

就在这时，卓童跌跌碰碰跑来。

卓童大声喊道：她不是妖怪、她不是妖怪——

乡民们议论着：卓童得相思病了，卓童疯了。

卓童求助地对众乡民说：妙语不是妖怪，她没有犯七重煞，是因为缺少食盐才满头白发的——

众人全都不解地看着卓童。

蒋会首愠怒地喊道：来人，将卓童拉下去。

几个壮实的男子举起卓童离开。

卓童仍然高喊：她没犯七重煞，她不是妖怪——

109. 山间。日。外。

树林密布，寂静无声。

大英怀抱古琴，身穿裂裟，头裹长巾，孤身只影行走在丛林中。

大英的歌声：

小小尼姑年方二八，

独抱古琴孤身只影走天涯。

浩渺广袤的苍穹下，

却无有我妙语栖身的家。

哥啊哥，

今生你我无缘分，

愿来生，来生再抚琴吟诗诉佳话。

110. 山野间。日。外。

大英与卓童不期而遇。

大英回避卓童火辣的目光。

卓童拉起大英奔跑在山间。

111. 山路上。日。外。

大山身背行囊与大英父、大英母话别。

大英父：去吧，找到大英、卓童给他们说，叫他们好好
干，早日开凿出小口深井，让乡民们永远不缺食盐。

大英母：告诉大英，娘想她。

大英母说着又哭了起来。

大山挥手与父母道别，转身大步向前走去。

112. 草棚旁。月夜。外。

卓童与大英坐在月光下。

卓童说：大英，等我把盐井开凿成功了，一定用八抬大轿风

风光光迎娶你。

大英乖巧地回答：嗯，我们一起努力，我可是要体体面面做你新娘的哟。

113. 山上。日。外。

大山在密林深处终于找到了凡俗装束的大英和卓童，大英的白头发用头巾裹着。

三人见面喜极而泣。

114. 小井处。日。外。

卓童凿井处。半山坡上，卓童将一只碗口粗的竹筒插入地下，又将另一直径拳头大的竹竿下面绑上一个新发明的钻头"刃"伸进碗口粗的竹筒里。"刃"冲击井底而将岩石捣碎，取出。

卓童在专心致志打井。

大英、大山、二叔在一旁帮忙。

这时，师太来到井边，口念：善哉善哉——

四人同时抬头看师太。

师太：愿施主早日凿井成功。

师太离开，卓童旁边多了半口袋银两。

卓童、大英、大山、二叔感激地望着师太离开的背影。

115. 房屋前。日。外。

简易住处前，卓童在修理工具，大山在整理中草药。

大英从外面回来，边揭开头上的头巾边说：好口渴呀。

大英向一旁的山泉处走去，舀水喝。

大英喝完水走到二人身边坐下，用头巾扇着凉。

卓童无意中抬头看大英，惊喜万分，喊道：大英，你的头发！

大英奇怪问：我头发咋了？

说着顺手捋过头发观看，原来的白发已变成了青丝。

大英不敢相信眼前的事实，傻傻地定在那里。

大山过来摇着大英，对她说：你的头发转青了。

大英仍然不敢相信地问卓童：卓童哥，是真的吗？我哥在骗我吧？

卓童肯定回答：真的，大英，你头发转青了！

大英跑到泉水边，对着泉水一照，倒影里的大英一头乌发。

大英对着泉水放声大哭。

卓童想过去安慰她，被大山拉住。大山说：让她哭吧，把她心中的积怨统统释放出来。

116. 灶屋。日。内。

大英舀满一罐山泉回到屋里，她欲将泉水倒入锅里，不慎把泉水倒在了灶台上。

大英烧火做饭。灶台上的泉水受热，蒸发出水蒸气，待水分干去，出现一层白白的颗粒。

大英好奇地拈起颗粒放在嘴里品尝，面露喜色。

117. 山间。日。外。

卓童顺着山脉找到山泉源头。

卓童架起支架顿钻盐井。

眼看成功在即。

118. 山间。大雨。外。

山间，大雨滂沱。

卓童、大山、二叔冒着大雨在对小口盐井进行保护。

山下的小溪河里山洪汹涌。

大英在组织乡民们搬石头、搬沙袋阻拦山洪。

蒋会首领着乡民们前来抗洪。

陈医生领着乡民们前来抗洪。

蒋会首号召乡民们：乡亲们，我们一定要保护小口深井——

乡民们响应着。

大英焦急地望着汹涌的山洪，说道：不行呀，洪峰越来越猛

了，我们的小口深井危在旦夕。快，跟我到下游去泄洪。

大英说着便向下游跑去。

卓童大声问大山：大山，大英在哪里？

大山回答：她在山下领着人们抗洪，我去看看。

大山向山下跑去。

119. 溪河边。大雨。外。

溪河下游，大英站在山洪旁用锄头挖着泥土，一心想将泄洪

口挖大一些，好让山洪不再上涨。

大山来到大英旁边喊道：大英，快过来，危险——

大英脚下一滑，一个跟跄，卷入洪水中。

大山撕心裂肺狂呼：大——英——

120. 小井处。日。外。

雨过天晴，小口深井上，卓童将扯上来的竹筒底端用钩子一钩，白花花的深井盐水喷涌而出——

乡亲们欢庆着小口径深井开凿成功。

卓童手捧着一大碗盐水对天冥祭。

卓童悲痛地说：大英，我们的小口深井出盐水了，我们的小口深井开凿成功了。可是，你却走了，留下我孤零零的，卓童将何处安身啊！我的大英啊——

卓童恸哭在地上。

冥冥中，大英的声音：卓童哥，你要带领乡亲们好好生活下去，将小口深井技术世世代代传承下去。我没有离开你们，我永远和你们在一起、一起、一起……

大英的声音消失在天尽头——

卓童万般无奈地追寻着大英的声音，痛心疾首地呼喊着：大英，大英——

空灵的歌声响起：啊——啊——

你我生死两相隔，

人生苦短啊甚凄凉。

我日思夜想苦寻找，

找寻你我那点点滴滴的欢笑，

还有那共同经过的风雨飘摇。

大英啊，我收藏起人间的鸟语花香，

追寻你啊！追寻你一同去天堂——

121. 山间。日。外。

川中地区，满山遍野的小口深井开凿场景。

蒋会首的声音：为保护卓筒小井，大英献出了宝贵生命，这方圆百里就名曰"大英"；卓童历经生死磨砺开凿竹筒小口深井，这小井就叫"卓筒井"……

闪回完。

尾　声

卓筒井旁。日。外。

卓筒井旁，老者、中国专家、外国专家甲、外国专家乙。

老者说：就这样，我们拥有了充盈的盐泉、丰富的食盐，再没了软骨病，没有了少年白。卓筒井井盐汲制技艺代代相传，经久不衰！

外国专家甲无比感慨地说：好凄美的故事，好伟大的先民！

大英卓筒井揭开千古之谜

外国专家乙说：太震撼了，太完美了。无与伦比的大英！无与伦比的卓筒井！

字幕打出：今天在勘探油田时所用的这种钻探深井或凿洞的技术，肯定是中国人的发明，这种技术在汉代（公元前 1 世纪到公元 1 世纪）就已经在四川加以应用，不仅如此，他们长期以来所用的方法，同美国加利福尼亚州和宾夕法尼亚州在利用蒸汽动力以前所应用的方法基本相同，开创了机械钻井的先河。

——英国科学家李约瑟著《中国科学技术史》

卓筒井井盐汲制技艺正在申报世界非物质文化遗产。

——全剧终